빛나는 수고

수
고

빛
나
는

남
상
숙
에
세
이

삶창

책을 내며

또 한 권의 책을 세상에 내보낸다. 쌓아놓은 글들을 어쩔 것인가. 별렀더라면 오히려 하세월이었을 일이다. 오래전이나 지금 이야기가 유행 지난 옷처럼, 시류에 뒤떨어진 사고처럼 답답했으니 글이든, 생활이든, 마음이든 주변을 정리하고 싶었다. 그때가 따로 있는 것이 아니라 마음먹었을 때가 바로 적시라고 여겼을 뿐이다. 주어지는 일들을 기회로 여기면 순리로 이어지고 감사로 남는다. 떨치고 비워내야 그 자리에 창의력도, 도전도, 열정도 푸른 생명처럼 돋아날 것이다.

지난 번 산문집을 내면서 앞으로의 나날은 세상에 빚을 갚는 일이 었으면 좋겠다고 했다. 그 후로 그렇게 살아왔다고 자신할 수는 없지만 염두에 두었으니 그 말은 유효할 것이다. 그러나 실행하기엔 더디고 미진했다. 보통상식으로 도저히 이해할 수 없는 수상한 세월을 살아내며 빚을 지고 있다는 느낌을 떨칠 수 없다. 지난 해 가을부터 엄동설한 한겨울까지 주말마다 광화문 촛불집회에 참석하는 사람들을 보면서 미안했다. 정의로운 세상은 저절로 굴러오는 것이 아니라 올곧은 정신들이 퍼져나가며 결을 이루고 켜가 쌓이면서 두께를 만드니 숫자로 보태야했다. 이러저러한 일들이 일어났더라도 나서지 못한 것은 변명의 여지가 없다. 기필코 해빙의 봄은 올 것이고 그날이 오면 무임승차한 기분으로 여전히 세상에 빚진 기분이 들 것이다.

　날마다 말을 하며 살고 있다. 광장에서 외치는 사자후나 소곤소곤 나누는 귓속말이나 입에서 나오는 순간 소리는 사라지고 이미지만 남는다. 소리가 돌아다니며 좌충우돌하거나 한자리에 쌓여있다면 그것에 치여 어찌 살겠느냐, 느낌만 챙기라고 누군가 말했다. 그건 깨달음이나 감동일 수 있겠지만 글 또한 다르지 않을 것이다. 독자에게 어떤 공감으로 다가갈 것인가, 소관 밖의 일이라 해도 일상의 투박한 언어들이 캄캄절벽 같은 막막한 세상에 불빛이 되지는 못할 것이다. 다만 어깨 나란히 길동무되어 도란도란 인생길 함께 걸어가고 싶다. 치열한 삶의 현장에서 힘겹게 오늘을 살아내는 이들의 어기찬 수고가 찬란히 빛나기를 기원하면서.

차
례

책을 내며 / 4

1부/ 똑같은 눈은 내리지 않는다

2부/ 그 남자의 시

3부/ 알베르토의 착의식

1

똑같은 눈은 내리지 않는다

찬란

　책꽂이에서 『찬란(燦爛)』이라는 시집을 본 순간 토담 아래 자글거리는 오월의 햇살이 연상되었다. 캄캄한 여름밤 숲속에서 보았던 파란 반딧불이 같기도 했다. 제목만 보고 책을 산 것은 처음이다. 일면식도 없는 이병률 시인에 대한 믿음도 한몫했을 것이다. 독자에게 그런 믿음을 준다는 일은 시인이나 독자에게도 행운이라 여겼다. 그의 시는 시어가 아름답다고 할 순 없으나 함축과 은유가 빼어나 다시 읽어보게 한다. 그렇다고 백인 백 가지라는 시의 이해를, 행간마다 스며든 작가의 심중을 다 알 수 없더라도 좋아하는 노래가 따로 있듯 시인과 상관없이 좋아하는 시가 따로 있기 마련이다. 젊지도 늙지도 않은 그는 발광체 같은 이 낱말을 가지고 무슨 말을 했을까, 궁금했다.

겨우내 아무 일 없던 화분에서 잎이 나니 찬란하다/ 흙이 감정을 참지 못하니 찬란하다// 감자에서 난 싹을 화분에 옮겨 심으며/ 손끝에서 종이 넘기는 소리를 듣는 것도/ 오래도록 내 뼈에 방들이 우는 소리 재우는 일도 찬란이다// (…중략…) 찬란이 아니면 다 그만이다/ 죽음 앞에서 모든 목숨은/ 찬란의 끝에서 걸쇠를 건져 올려 마음에 걸 것이니// 지금껏으로도 많이 살았다 싶은 것은 찬란을 배웠기 때문/ 그러고도 겨우 일 년을 조금 넘게 살았다는 기분이 드는 것도/ 다 찬란이다

아하, 시를 읽고 나서 주위를 돌아보니 보이고 들리는 모든 것들이 휘황찬란하게 오색 깃발을 흔들며 다가왔다. 새벽잠을 깨우는 참새의 재재거림과 천변에 휘늘어진 연둣빛 버드나무의 미세한 떨림이, 새 신을 신고 초등학교에 입학하는 이웃집 어린이의 발그레 상기된 얼굴과 달리는 듯 경쾌한 발소리가 아침을 찬란하게 한다. 흙이 감정을 참지 못해 찬란하듯 낱말 하나에 의미를 두니 발에 채여 넘어질 지경으로 찬란은 천지간에 널려 있고 그걸 알아챘다면 모름지기 우리 인생도 화려하게 펼쳐지리라는 기대감으로 한껏 들뜨는 것이다. 지금까지 살아 온 것도 찬란을 배웠기 때문이고 앞으로 살아갈 날도 그것을 발견하거나 깨닫는 일이라고 시인은 둥둥 북을 두드리며 용기를 부추기고 있다. 한 편의 시가 이렇게 유쾌하게 한다는 사실이 기분을 썩 괜찮게 한다.

찬란이라는 말을 처음 접한 것은 고등학교 국어 시간에 김영랑의 「모란이 피기까지는」이라는 시를 배울 때였다. "나는 아직 기다리고 있을 테요/ 찬란한 슬픔의 봄을" 마지막 부분의 "찬란한 슬픔"이라는 말이 도무지 이해되지 않았다. 마음 안자락에 찬란보다는 슬픔이라는

말이 앞섰기 때문인지 모란이 지고 말면 그뿐 "하냥 섭섭해 울"겠다는 시인의 심정은 이해하겠으나, 찬란한 슬픔에 대해서는 누구도 명쾌하게 풀이해주지 않았다. 아니 설명해주었다 해도 받아들이기에 역량이 부족했을지 모를 일이다. 세월에 묻혀 살다가 이십여 년 전, 남해안을 여행할 때 강진을 지나다가 김영랑 생가에 들렀다.

대나무 숲을 뒤로한 넓은 한옥에는 초여름 청대 숲 바람이 싱그러웠다. 아버님이 마을의 지주였다는 가옥답게 마루에 이어댄 정자에는 선비의 책 읽는 소리가 들려올 듯싶고 마당가엔 탐스런 자줏빛 모란꽃송이가 사태 지듯 흐드러졌다. 전에 누군가 모란꽃이 어떻게 생겼느냐고 물었는데 그곳에 꼭 가보라 하고 싶었다. 마당에는 예의 이 시를 단아한 판본체로 화강암에 새겨 세워놓은 시비가 버젓했다. 따가운 햇살을 등으로 받으며 풍만한 여인의 자태 같은 모란 곁에서 시를 읽어 보았다. 어려울 것 하나 없이 그대로 이해되는 아름다운 서정시였다. 순간 허탈까지는 아니라 해도 어이없는 기분이었다. 다시 한 번 음미해 보았다. 찬란한 슬픔은 모란이 뚝뚝 떨어지는 것을 보면서 가는 봄을 아쉬워하며 다시 모란이 피어날 봄을 기다리겠다는, 역설적으로 표현한 시인의 애틋한 마음이었다. 어울리지 않을 듯싶은 두 낱말의 조합으로 지는 봄과 이우는 모란을 더욱 극대화시킨 절창이었다. 시가 더욱 찬란했다.

별거 아닌 것에 크게 의미를 부여하여 혼자 끙끙거렸던 젊은 날을 생각하면 웃음이 나온다. 주위에 그런 걸 물어 볼 대상이 없었는지 말을 해도 들어주지 않았는지 알 수 없으나 궁금한 것을 해소하려는 의지도 없이 살아왔다는 사실이 당황스러웠다. 그만큼 자기표현에 서툴

렀다 할 수 있고 자존감의 결여로 하고 싶은 말을 억제하며 살아왔다는 의미도 될 것이다. 생래적인지 혹은 어디에서 비롯하였는지 알 수 없지만 그런 기억들이 불쑥 튀어나오면 그동안 허송세월한 것 같아 지난 시간들이 아깝고 쓸쓸한 기분이 든다. 지금이야 궁금하거나 미진한 것은 어떻게든 해결하지만 그땐 그랬다.

지난해 책을 내면서 한동안 제목 때문에 애태웠기에 눈에 번쩍 뜨이는 낱말이 예사로 보이지 않았다. 기껏 마음에 두었던 것은 출판사측에서 마땅찮아하니 전문가의 입장을 고려하여 존중했다. 제목이 정해져야 표지디자인을 할 텐데 발간 예정일은 바짝바짝 다가오고 밤낮을 이리저리 궁리해 보아도 신통치 않아 입이 바짝바짝 마르고 머리가 지끈거렸다. 자기가 쓴 글이라 해도 이거다 싶은 제목 정하기가 그렇게 어려웠다. 가까스로 보다 못한 누가 도와준 것처럼 반짝, 떠올라 한시름 놓았으나 내가 지닌 가난한 말, 언어의 한계를 절감했다.

시인을 언어의 조련사라 하는 것은 신선한 표현에 고심하면서 시의 적절한 낱말을 적재적소에 자유자재로 부릴 줄 아는 사람이기 때문이다. 머릿속에 쟁여놓은 언어의 수가 많아야 풍부한 어휘력으로 마음에 드는 글, 완성도 있는 작품을 쓸 수 있나는 것이 새삼스러울 건 없지만 맞는 말이다. 글 속에 있었다면 무심히 지나쳤을 낱말 하나가 책 밖으로 나와 제목으로 버젓이 자리 잡자, 눈부시게 광채가 난다.

16

벽

공연히 사는 것이 심드렁하고 토심스러울 때가 있다. 나이를 먹었다고 이런 마음이 없어지는 것도 아니니 무시로 드나드는 녀석의 발부리에 채여 넘어지지 않도록, 빙판길 조심하여 건듯 대처를 잘하는 것이 현명한 방법이렷다. 방 안을 서성거리다 투르게네프의 『투르게네프 산문시』를 꺼내들었다. 민음사 간행 '세계시인선' 46번이다. 출판사가 시리즈물을 발간하면서 번호를 매기는 것은 독자가 좋아하는 책의 순서일까, 발간 차례일까 궁금했으나 출판사 나름대로의 기준은 있을 터이다. 적잖은 세월이 흘러 누렇게 퇴색한 풍신은 중고서점에 박혀있어야 제격이겠으나 혹여 그곳에서 발견하였다면 모시듯 고이 가슴에 품고 왔을 게다.

얼마 전에 책들을 과감히 정리했다. 이래저래 세월 따라 모아진 것들을 쟁여두기도 여의치 않아 중고서점에 전화했더니 고물 값을 주고 가져갔다. 정기적으로 부쳐오는 월간지야 버려도 아까울 것 없지만 언젠가 다시 읽으리라 여겼던 것들은 서운한 마음이 들었다. 그러나 내게서 떠나는 순간부터 모두 쓰레기라고 생각하자 미련 둘 것도 없었다. 소용되던 물건도 나와 함께한 시간이 지나면 유통기한이 끝난 것이니 동고동락했던 의리로 생전에 필요한 사람에게 나누어주는 것이 마땅할 터이다.

책을 처분하고 보니 책장도 깔끔하고 책 찾기도 수월하여 방 하나가 새로 생긴 기분마저 들었다. 그러면서 누군가 고서점에서 굴러다니는 책을 내라고 했던 말이 떠올랐다. 시답잖은 글이어서 눈여겨 볼 것도 없이 쓰레기통으로 집어던지는 책이 아니라 아무개 글을 찾아 읽으려고 고서점을 기웃거리거나 우연히 눈에 띄면 반색하여 책을 집어 들도록 글을 써야한다는 것이다. 생명력 있는 글을 쓰라는 의미로 여겨져 마음에 새겨두었으나 자신은 스스로가 잘 아는 법이니 역부족임을 왜 모르겠는가. 문인도 천재는 따로 있다는데 바로 이 산문시의 작가가 그럴 것이다.

30여 년 전, 무슨 일이었는지 시인 G선생님과 역전 거리를 지나고 있었다. 서점 앞을 지나던 선생님께서 갑자기 서점 안으로 들어가자 얼떨결에 따라 들어갔다. 그곳은 의외로 사람들로 북적였다. 그분은 예의 이 산문시집을 찾더니 책값을 지불하고 그 자리에서 활기차게 사인을 하여 나에게 주었다. 서점 점원에게 찾아달라지 않고 책 있는 자리가 익숙한 듯 빼곡히 꽂혀 있는 책장에서 쉽게 고른 것도 놀라웠지만 문단의 대선배 시인께서 까마득하게 어린 사람에게 책을 사준다는 것이 황송했다. 또한 그때나 지금이나 수필을 쓰고 있는 내게 시집 선물은 의외였다. '자네 글을 보니 시를 써도 괜찮겠다는 생각이 드는데 읽으면 도움이 될 거야'라고 말씀을 하셨던 것 같다.

시집의 시들은 길이나 내용으로 보아 산문이라 할 수 있으나 의미로 본다면 그래도 시다. 투르게네프가 말년에 쓴 글로 표현이 간결하고 짧은 서사가 깊은 울림을 주었다. 거장답게 문장이 섬세하고 유려했으며 근본적인 인간의 마음을 꿰뚫어보는 안목에 섬뜩했다. 19세기 러시아의 어둡고 암울한 사회에서 핍진하게 살아가는 사람들의 모습이 애달프다가도 그 속에 흐르는 인간애로 가슴이 따뜻해졌다. 지금 우리보다 나을 것 없는 척박한 환경 속에서 주어진 자신의 생을 숙명인 듯 어기차게 살아냈다는 것을 알면 지금 내 삶의 무게도 별거 아니라고 여겨져 마음이 가벼워진다. 젊은 날 이 시를 읽으며 글에 대한 깨달음과 함께 인간의 근본적인 본성에 관심을 가졌다. G선생님의 기대와 달리 언감생심, 시는 쓰려하지도 않았지만 문학의 으뜸이 시라고 믿고 있는 내게 공부가 되었다. 은유와 함축, 문장의 과감한 생략은 시에서만 필요한 것이 아니라 문학은 그래야 하고 깊은 사상과 높은 경륜은 물론 독자를 끌고 가는 긴장미가 있어야 했다. 선생님은 오래전에 고인이 되셨으나 말씀은 때때로 힘이 되어 글을 쓸 때 채찍이 되었다. 문학의 길목에서 누군가 길잡이를 해주었다는 것은 커다란 행운이다.

짤막짤막한 서른한 편의 산문시를 단숨에 읽었는데 그동안 여러 번 읽었어도 처음 보는 듯 새로운 것이 신기하다. 언제 어느 때 읽더라도 시간과 시대를 막론하고 지금 내 이야기와 문제로 다가와 심금을 울리기에 명작이라 할 것이다. 살아온 연륜에 맞게 이해하고 깨닫도록

이끌어주면서 정신을 풍요롭게 하는 것이 글의 생명력이다. 나와 같은 보통 사람들의 안팎 모습을 보면서 별수 없이 사람만이 사람을 위로한다는 말이 자연스레 떠오른다. 젊을 때는 문학 작품을 읽고 뿌듯한 마음에 적어도 하루를 허투루 보내지 않았다고 위안했다.

러시아문학에 관심을 가졌던 때는 고등학교 시절이었다. 서울에서 대학교를 다니던 오빠가 방학 때 집에 오면서 분홍색 표지의 러시아문학전집 한 질을 가져왔다. 우리나라 60년대는 읽을거리가 흔치 않았다. 도스토예프스키의 『죄와 벌』에 등장하는 인물들 이름이 길고 낯설어 쪽지에 적어놓고 확인하면서 읽었다. 장편소설은 긴 이름이 훼방을 한 것처럼 지루하였으나 인내심을 가지고 읽어나갔다. 책 속에서 일어나는 일들이 알 듯 모를 듯 무시무시하고 사람살이가 복잡하다는 느낌이 들어 읽으면서도 나중에 다시 읽어보리라 생각했다. 언젠가 친정에 갔을 때 이 책을 찾았으나 집수리할 때 버렸는지, 동생들 중 누가 가져갔는지 보이지 않았다. 책에도 향수가 있을까, 지금도 파스텔풍의 분홍색 겉장이 단아하고 두께가 두툼한 그 책을 발견하면 가슴 설레며 집어들 듯싶다.

책을 읽으려는 마음은 불화하던 누군가에게 손 내밀듯 자신에게 청하는 화해법이다. 도무지 뚫릴 것 같지 않던 철벽수비가 어느 한 순간에 무너지듯 알아주지 않는 세상에 대하여 볼멘, 스스로 쌓았던 벽을 허물어 자신을 껴안는 소통의 방법이라 할 수 있다.

훌륭한 그 자리는

"울고 싶은데 울 자리가 없네."

모임이 끝나고 책상을 정리하는데 누군가 말했다. 집에 골방이라도 있으면 숨어서 실컷 울겠는데 답답하기 짝이 없는 노릇이라고 말하는 화장기 없는 얼굴에 피곤이 묻어 있다. 갑작스런 그 말을 듣고 모두 웃을 줄 알았는데 아무도 웃지 않았다. 무슨 일이 있느냐고 묻지도 않았다. 예순 이쪽저쪽의 아낙네 예닐곱 명이 모인 자리였다. 너나없이 손바닥 들여다보듯 빤한 아파트에 살면서 식구들 몰래 어찌 울 것인가, 그 세월을 살아오며 누군들 그런 적이 없었으랴, 너도나도 한 마디씩 했다.

누구는 방에서 이불을 뒤집어쓴 채 숨죽여 울고, 누구는 화장실에서 수돗물 틀어놓은 채 통곡하고, 누구는 양파를 까면서 울기도 한다는

데 그러고 나면 마음이 풀리더란다. 매운 양파를 까다 보면 눈물이 나오고 그걸 핑계 삼아 서러움을 쏟아낸다는 말은 애틋했다. 뻔뻔하고 수다스런 부류로 대변되는 보통 아줌마들이 눈에 보이는 대로, 생각나는 대로 말해버려 쌓일 것이 없을 듯싶지만 정작 울고 싶은데 울 곳이 없다는 푸념은 가엾게 들렸다.

큰 아이가 세종시 전의면에 있는 대전가톨릭대학교에 합격한 그해 겨울이었다. 집안 어른들께 인사 다니고 입학식 때 입을 옷도 맞추고 가져갈 소지품도 챙겼다. 아이는 아이대로 즐겁게 바빴고 나는 옷마다 고유 번호를 바늘로 꿰매 쌓아놓으며 마냥 행복했다. 그러나 기쁨은 잠시였다. 막상 떠나야하는 날짜가 코앞에 닥치자 그렇게 심란할 수가 없었다. 보좌신부님께서 아이를 학교까지 데려다주기로 하셨는데 직장일 때문에 동행하지 못하는 것도 가슴 아팠다.

"부디 잘 살아라."

"안녕히 계세요."

성당 마당에서 마주 잡은 손이 따뜻했다. 아이는 손을 놓자마자 차에 올랐고 은회색 승용차가 골목길을 빠져나가는가 싶더니 순식간에 사라졌다. 갑자기 귀중한 물건을 놓쳐버린 것처럼 허전했다. 번화한 시내 한복판. 사람들은 여전히 바쁘게 거리를 오가는데 겨울 끝자락을 붙잡고 있는 꽃샘바람이 차가웠다. 횡하니 가슴에 회오리바람이 일었다. 아이와 언제까지 함께할 수 없다는 것을 알면서도 헤어지는 것이 이렇게 허망한 줄 몰랐다. 꼭 울고 싶은데 울 데가 없었다. 장승처럼 서 있다가 그냥 걸었다.

아이하고 꼭 이십 년을 함께 살았구나. 어차피 제 갈 길로 가는 것을, 알아서 잘하는 것을 너무 무어라 하였구나, 이렇게 빨리 떠날 줄 알았으면 잘해주는 건데…. 아우를 일찍 보아서 그랬는지 어려서 자주 울었다. 아이 아빠는 성미가 급한 데다 아이 우는 것을 질색하니 노상 마음이 편치 않았다. 어쩌자고 너는 그렇게도 우니? 어느 날 우는 아이를 붙들고 함께 울다 보니 아이가 멀뚱히 바라보고 있었다. 웃음이 나왔다. 내가 웃자 아이도 따라 웃어 부둥켜안았다. 첫아이라 육아에서 시행착오가 많아 더 어려웠다.

아이는 맏이답게 부모의 마음을 헤아릴 줄 알았다. 지금까지 한 번도 옷 사달라는 말을 하지 않았다. 내 친구 아이들이 입던 옷을 얻어다 주어도 삼촌들이 입던 옷을 물려주어도 불평하지 않고 좋아했다. 헌 옷일망정 새로운 것을 좋아했던 것으로 보아 새 옷을 입고 싶어 했을 텐데 조르지 않았다. 어린 마음에 사제가 되겠다고 어찌 그리 큰 생각을 하였을까. 별 탈 없이 자라 이런 기쁨을 주는 것이 고맙고 대견해서, 잘해주지 못한 것이 후회스럽고 미안해서 눈물이 흘렀다. '심지가 굳으니 잘 살 거야.' 가깝지 않은 거리를 터벅터벅 걸어서 일터로 왔다.

"훌륭한 울음터로다! 크게 한번 통곡할 만한 곳이로구나!"

박지원은 열하일기에서 광활한 요동벌판을 바라보며 너무도 아득하여 크게 한번 울어 볼 만한 곳이라고 탄식한다. 열흘을 걸어가도 산은 보이지 않고 하늘과 땅이 아교풀을 붙인 듯 실로 꿰맨 듯 끝간 데 없이 아득하고 광활한 벌판에서 준마를 타고 내달리고 싶은 호연지기가 아니라 남의 눈치 볼 것 없이 실컷 울고 싶다는 그의 솔직한 마음에서 오히려 호방한 남정네의 기개를 느꼈다.

너무 기쁜 나머지 감당할 수 없거나 갑작스레 당한 일이 너무 어이

없고 황당해서 기막힌 슬픔에서 헤어날 길 없을 때 가슴을 치고 울기도 한다. 이런 사연들을 잘 갈무리하면 감사로 꽃을 피우고 상처로 남으면 한이 된다. 울 수 있다는 것은 살 수 있다는 희망의 촉수로 보이기 때문이다. 울고 싶다는 것은 마음 나눌 상대가 없다는, 둘러보아 내 이야기를 들어 줄 사람이 없다는 소통의 단절을 의미한다. 아무나 붙들고 하소연할 수 없잖은가. 예전보다 경제적으로 나아지고 물질이 풍요로워졌더라도 서로가 바빠 이야기 나눌 시간조차 없으니 외롭다는 표현일 것이다. 시간을 마련하여 마주 앉아도 바로 앞에 앉은 사람이 수만 리나 되는 듯 아득하고 남의 다리 긁는 소리로 절망을 느낀다면 누군들 울고 싶지 않으리오. 차라리 면벽을 하고 넋두리하는 편이 나을 것이다.

담장에는 덩굴장미가 사태 지듯 피어난다. 만물은 천지간에 생명력으로 넘쳐나는데 시름은 덧칠되어 옴나위할 수 없어도 흐르는 세월 속에 희석되기도, 잊기도 한다. 어찌해 볼 도리 없이 엇박자로 돌아가는 상대일지라도 체념한 듯 무심한 듯 어우렁더우렁 지내다가 토담 무너지듯 허물어진다면 그걸 딛고 일어나 자신을 추스르는 것이 인생사 아니겠는가. 각자의 사연이 다르듯 눈물의 빛깔과 농담도 다를 것이다. 이순을 넘기고 경제적으로 안정된 생활을 하는 그가 허물없이 울 자리를 찾는 것은 타협의 여지가 있을 터이다. 울고 싶을 때 울 수 있는 훌륭한 그 자리는 과연 어디일까.

결

'팔십 노인도 세 살 먹은 아기한테 배울 것이 있다'는 속담이 있다. 산전수전 다 겪고 세상 물정 알 만큼 아는 노인이 제대로 말도 못하는 아기한테 도대체 무얼 배운다는 말인가. 어이없다는 생각이 들어도 옛 말이 까닭 없이 생기진 않았을 터이니 둘러보면 세상 모든 사람이 스 승이라는 말이다. 내가 부족한 것은 네가 채워주고 네가 모자란 것은 내가 메우면서 톱니바퀴 아귀 맞춰 돌아가듯 돌기 마련인 세상이다.

우리 집에는 두 돌도 안 된 세 살짜리 손녀딸이 있다. 아직 말은 못 하지만 신기하고 궁금한 것이 많은 아기는 미세한 소리에도 귀를 쫑긋 세우고 새로운 것을 보면 만질까, 말까 눈을 반짝이며 눈치로 세상을 알아간다. 부엌을 나서며 선풍기를 끄려고 무심코 발가락으로 스위치 를 눌렀더니 선풍기가 켜져 있는 것만 보면 스위치에 제 발가락을 들이대기에 깜짝 놀라 손으로 눌러 끄곤 했다. 말할 것도 없이 아기는 어른의 거울이다. 보는 대로 따라하고 손으로 만지고 부단히 움직이면서 궁리가 생기면 오감으로 반응한다.

아기에게 우유를 먹이려고 종이팩 접힌 부분을 손으로 편 다음 접착 부분을 찢었다. 벌린 구멍에 빨대를 꽂아 다시 접어 아기에게 주었다. 한 모금 우유를 빨던 아기가 갑자기 우유팩 윗면에 붙은 자그마한 스티커를 똑, 떼더니 익숙한 솜씨로 빨대를 꽂고 우유를 빨았다. 하! 그곳에는 빨대를 꽂는 작은 구멍이 숨어 있었고 막아놓은 스티커는 조금만 손톱으로 갉작거리면 쉽게 뗄 수 있었다. 어떻게 알았을까. 나는 거기에 숨구멍 같은 깜찍한 구멍이 숨은 그림처럼 감춰진 줄 몰랐기에 세 살짜리가 그걸 알았다는 것이 신기했다. 필경 저의 엄마 행동을 보고 그대로 따라했을 터인데 천연스런 모습에서 순간, 아기가 한 수 위라는 느낌을 받았다. 모르던 것을 알았다는 사실보다 고개 한 번 돌리지 않고 대수롭지 않게 당연한 것처럼 묵묵히 행하던 모습에서 사려 깊은 어른을 대하는 것처럼 기꺼웠다.

세상일은 반드시 말을 해야만 알 수 있는 것은 아니다. 뻔하고 당연한 사실을 시시콜콜 말하지 않아도, 단축키 누르듯 긴니뛰어도 이해되는 소통의 시대이다. 생략이 지나쳐 약어, 축어로 들이대는 젊은이들의 말을 더러 알아듣지 못하여 어리둥절할 때가 있으나 스피드 시대에 파생하는 언어의 변화요, 사회현상이라 생각하면 이해될 일이지 크게 탓할 일은 아니다. 그렇더라도 사람은 말이 아니라 조용히 행동으로 보여줄 때 신뢰가 깊어지고 진중한 마음의 결을 느끼게 된다. 삼가 상대를 존중, 배려하는 마음에서 우러나오는 너그러움이 인품이고 그걸 마음결이라 해도 무방할 것이다. 세 살짜리가 어른의 마음을 헤아려 조신하게 행동했다는 것이 아니라 천연스런 모습에서 인간의 됨됨이, 품격이 느껴졌다는 말이다. 이럴 때 아기는 아기가 아니라 여지없는 인격체, 사람인 것이다. 이런 모습이 예사로 보이지 않는 것은 분명 세상이 그렇지 않기 때문이며, 풀잎 끝에 매달린 물방울 하나가 아침 햇살을 받아 영롱하게 반짝이듯 잠자던 감성을 화들짝 일깨워주는 사람이어서 진정 고마운 것이다.

인간사 모든 불화의 원인은 행동이 아니라 말에서 비롯된다. 무심코 던진 가시 돋친 말이 상처를 주고 농담이라며 예사로 하는 말이 수치심을 유발하여 평생 지울 수 없는 아픔으로 남는다. 이런 유의 발설은 이미 말이나 농담이 아니라 흉기라 할 수 있다. 태생적으로 혹은 성장 과정에서 쌓인 울분으로 매사에 부정적인 말만 하고 남을 헐뜯기 좋아하는 사람이 있다. 어떻게 저런 말을 아무렇지 않게 할 수 있을까, 기막혀 하며 주위 사람들이 대면하기 꺼려해도 눈치 채지 못하고 여전히 불만 속에 살아가는 이는 인생에서 배역을 잘못 맡은 사람인지 모른다. 타고난 성정을 인정하고 반성하면서 고쳐보려 노력할 때 그의 배역은 돋보일 것이다.

마룻장에는 세월이 만든 나뭇결, 목리가 수놓아져 있다. 수 년, 수십 년 동안 산의 정기와 사계절의 햇빛과 한풍 설한을 견딘 나무가 둥글둥글 몸 안에 동심원을 그리며 전각처럼 또렷이 일생을 새겨놓았다. 도드라지지 않은 나이테에는 인고의 세월이 촘촘히 박혀 있어 소박한 나무의 성정이 그대로 드러난다. 요즘 아파트 거실 바닥은 온통 나뭇결무늬의 비닐장판이 판을 치고 있으니 표절이라면 이보다 더한 것은 없을 터인데 잠잠한 걸 보면 그럴싸하게 흉내 낸 자연무늬를 너나없이 좋아하기 때문일 게다. 여름 장마철에는 끈적거리고 겨울철에는 냉기 서려 차가운 비닐장판은 영구성 제일이라 선호하지만 수더분한 아낙네 같은 마룻장의 친화력에는 비할 수 없다. 한겨울의 마룻장은 온기까지는 아니라 해도 적어도 적대시하며 거부하는 서슬 푸른 냉기는 서리지 않았다. 한여름 대청마루에 누우면 등으로 전해지는 삽상한 푸른 기운, 세월이 흘러도 변하지 않고 되살아나는 건 어린 시절 자연스럽게 몸에 익힌 기억 때문이다.

투박한 나무의 질감과 섬세한 나뭇결이 우리 몸을 웅숭깊게 대하듯 남을 배려하는 마음씨와 말없이 보이는 조용한 행동이 정신의 결을 더욱 돋보이게 한다. 비단결 같은 말이 아니라 해도 온기가 느껴지고 상대의 마음을 헤아릴 줄 아는 결이 고운 심성을 가진 사람이 그리운 세상이다. 때로는 세 살짜리 아기에게도 배울 것이 있다.

황금기

"아기 볼 때가 그래도 젊을 때여….”

손녀딸을 업고 지나가는데 나무 그늘에 앉아 이야기 나누던 할머니들 가운데 한 분이 누구에게랄 것 없이 한마디 했다. 스치듯 들려온 그 말이 처음엔 별 느낌 없었으나 길래 따라와 생각을 잡았다. 손녀를 본 나이라면 어느 모로 보나 젊은 축은 아니다. 그런데 잠시나마 아기를 맡아 기르는 것도 젊어야 가능한 일이고 나무 그늘에서 한담 나누는 당신 처지보다 지금의 내가 부럽다는 뜻이 담겨 있어 기분 좋다기보다 쓸쓸했다. 손자, 손녀를 키우고 싶어도 아이들이 다 자랐으니 손도 필요치 않을 뿐더러 설령 아기를 맡긴다 한들 키울 힘도, 능력도 없으니 한심하다는 자조와 한탄이 들어 있었다. 누군들 젊은 시절 없이 노인이 되었으랴만 지나고 보니 그 시절이 꽃이었다는 아쉬움과 그리움은 누구에게나 있을 것이다. 생에 대한 정점이랄까, 찬란히 빛나던 날에 대한 그리움은 꼭 젊은 시절을 말하는 것만은 아닐 것이다.

지난해, 육 개월 산후휴가를 마친 며느리가 출근하면서 손녀딸이 우리 집으로 왔다. 아기는 순해서 여간해 울며 보채지 않았다. 때맞추어 먹이고 목욕시켜 재우니 별 탈 없이 잘 자랐다. 감기에 걸려 콧물이 나오자, 코밑이 근질근질한지 코를 문질러 얼굴이 맥질한 듯 반들거려도 미안했는지 울지 않았다. 재워놓고 얼마 후, 아직 자고 있나, 궁금하여 방문을 살짝 열어보면 일어나 앉아 우유병이나 손수건, 딸랑이 따위를 장난감 삼아 달그락거리며 놀았다. 저녁에 재워놓고 전기스탠드 아래에서 책을 보고 있으면 어느새 곁으로 다가와 들여다보았고 조용조용 컴퓨터 자판을 두드리면 기척도 없이 의자 옆에 서서 구경하고 있었다. 아뿔싸, 도대체 네가 언제부터 여기 서 있었단 말이냐, 미안한 마음에 소스라치게 놀라 아기를 안고 이불 속으로 들어갔다. 세상천지 궁금한 게 많은 두 돌도 안 된 아기가 할머니를 방해하지 않으려고 마음 쓰는 것 같아 고마웠다. 엄마와 떨어져 지내는 것도 어쩔 수 없는 일이니 알면서 참는 것 같았다. 주말에 제 엄마가 오면 낮에 함께 놀다가 저녁이면 내게로 와서 자는 것도 애처로웠다. 발가락 만지며 놀다 뒤집기하고, 엉덩이 들고 균형 잡더니 기기 시작하고, 금방 서랍장 붙잡고 서더니 걷기 시작하던 모습들과 재롱 보면서 시간 가는 줄 모르게 금세 일 년이 지났다.

올 삼월이 되자, 아기는 엄마 직장에 딸린 어린이집에 다니게 되었다. 지원하는 아기들이 많아 추첨하였는데 당첨되었다며 아기 아빠는 기뻐했다. 어린 것을 막상 보내야 하니 서운하고 안쓰러웠다. 취학 전까지 어린이집에 다녀야하는데 지금 어리다고 그만두면 다시 들어갈 수 없으니 어찌 할 수 없었다.

떠나는 날, 나는 복잡한 심사로 아기가 자고 있는 방으로 들어갔다. 나비잠을 자던 아기가 문소리를 들었는지 살포시 눈을 떴다가 감았다. 아기의 얼굴을 말끄러미 내려다보았다. 기척을 느꼈는지 아기가 은행 껍질 같은 눈꺼풀을 다시 밀어 올렸다. '할머니 마음 알아요' 말하는 듯 방긋 웃고는 더 이상 졸음을 참지 못하겠다는 듯 도로 눈을 감았다. 아, 아기가 나를 위로하는구나. 육십여 년 시차에도 가능한 감정의 교류가, 이심전심의 소통이 기꺼워 아기 옆에 엎어져 소리 없이 울었다.

인생은 모름지기 순간순간이 꽃이요, 요소요소가 찬란히 빛나는 면류관이다. 아기 돌보는 일이 힘들긴 하지만 이렇듯 기쁨의 원천이 되고 생의 활력이 되는 줄 몰랐다. 제 힘으로 아무것도 할 수 없는 아기를 돌보는 일은 온통 새롭고 신기한 세상에 눈뜨려는 작은 사람을 도와주는 일이지만 세월이 흐르면 언제 그랬냐 싶게 성큼 자라 있을 것이다. 사람을 키워내는 일, 조물주의 창조사업에 일조하는 조력자로 역할 분담을 하는 것이라 생각하면 더없이 대단한 일이라 할 수 있다.

"사돈 양반들이 젊어서 좋아요."

며칠 전, 딸아이 상견례 자리에서 사돈댁 될 분이 이런저런 말끝에 한마디 했다. 사위 될 청년이 사남매 중 막내인데다 혼기가 한참 지나고 보니 부모의 나이는 우리와 십년 차이가 났다. 우리도 혼주 나이로 보면 결코 적다고 할 것 없으나 사돈 쪽에서 보면 젊은 축이고 그 말속엔 부러움도 들어 있었다. 나이가 젊다는 것은 체력이 뒷받침된다는 뜻이고 생각도 기민하여 매사에 기동력 있게 움직일 수 있으니 다행이라는 것이다. 하늘의 별따기처럼 어렵다는 직장 마련이나 경제적인 문제, 세계화 시대에 보고 즐길 것 많은 젊은이들이 혼기가 늦어지는 것은 당연한 일인데 언제 부모 마음까지 헤아리겠느냐마는 학업 마치고 직장 잡았으면 결혼은 빠를수록 좋다. 일찍 가정을 이루면 경제적으로 안정되고 젊은 나이에 아이를 낳으니 모두 건강할 것이며 양육을 도와주는 사람도 한 살이라도 젊을 때 수월한 것이다.

나이 드신 어른이 쓴 글을 읽고 감동한 적이 있다. "병약한 몸으로 장수가 결코 축복일 수 없고 나이가 들고 보니 집사람은 물론 친구들도 저세상으로 떠난 지 오래되어 찾아갈, 찾아올 사람도 없는 봄날, 하릴없이 스멀거리는 봄볕이나 쪼이는 신세일망정 그래도 하루는 다이아몬드보다 소중하기 이를 데 없다." 인생은 누가 일러주어 알게 되는 것이 아니라 살아보니 그렇더라는 깨달음에서 비롯된다. 때로 노인들의 말씀이 경전 같은 것은 삶에서 우러나온 체험의 산물이기 때문이다.

아기 돌보는 일도, 장모 되는 일도 젊어서 좋다고 한다. 무슨 일을 해도 잘할 것이라는 위로와 칭찬 같았다. 여전히 포대기 둘러 아기를 업을 수 있고 아무 때나 마음먹으면 만날 친구들과 가고 싶은 곳 마음대로 다닐 수 있는 오늘이 남은 날들에 비하여 가장 젊은 날 아닌가. 대단한 연구 업적 쌓을 일도, 사업으로 왕창 돈 벌 일도 전무한 세월을 살고 있으나 하고 싶은 일하면서 보내는 하루하루가 다이아몬드보다 소중하여 지금이 바로 내 인생의 황금기라 여겨지는 것이다.

빛나는 수고

"연주는 손이 저절로 했고 나는 즐기면서 음악을 듣고 있었어요."

폴란드 바르샤바에서 열린 제17회 쇼팽 국제 콩쿠르에서 우리나라 사람으로는 처음으로 금상을 수상한 조성진이 소감을 묻는 기자에게 말했다. 스물한 살의 젊은이가 얼마나 자신 있었으면 저런 말을 할 수 있을까, 당당함이 놀라웠고 타인의 추종을 불허할 만큼 실력이 뛰어났다는 말로 들려 감동이었다. 콩쿠르라면 경쟁자를 의식하기 마련인데 그는 평소대로 최선을 다했기에 후회 없었다니 수상 이전에 이미 자신과의 싸움에서 이겼다고 할 수 있다.

신흥(神興) 오른 석수장이의 손이 춤추듯 돌덩이를 쪼아내어 피돌기라도 할 것 같은 석불을 완성하듯 신기(神技) 오른 그의 손이 알아서 저절로 피아노 건반을 구르듯 연주하였을까. 하늘은 스스로 돕는 자를 돕는다는 말처럼 자신의 일에 열과 성을 다할 때 하늘의 도움으로 기량이 증폭되고 기대 이상의 성과를 얻게 되는지 모른다. 음악이 섬세하고 아름다워 피아노의 시인이라 불리는 쇼팽의 마음을 감지하기 위하여 쇼팽이 즐겨 걷던 길을 거닐곤 하였다는 조성진은, 쇼팽의 피아노협주곡 1번을 모두 숙지하고 소화하여 건반을 자유자재로 넘나들며 아름다운 음률을 짚어냈다.

십여 명의 심사위원이 심사를 하는데 심사위원 일인당 줄 수 있는 최고 점수는 10점이었다. 심사위원 중 한 사람이 의도적이든 아니든 1점을 주었으나 조성진은 워낙 실력이 뛰어나 합산 최고 점수를 받으며 우승을 거머쥐었다. 16세에서 30세 미만으로 나이 제한까지 있는 이 콩쿠르는 5년에 한 번씩 열리기 때문에 실력을 겨룰 기회조차 많지 않다. 그의 인기는 대단하여 연주곡이 수록된 시디를 사려는 사람들이 줄을 이었다는데 쇼팽의 음악을 좋아하는 사람들이 갑자기 늘었을 리 만무하니 가히 조성진 신드롬이라 할 만하다. 심사 결과를 발표하는 순간 자신의 이름이 불리면 여자들은 흔히 기쁨에 겨워 눈물을 글썽이지만 남자라 그런지, 자신감 때문인지 그는 싱글벙글 시종 밝은 표정이었다. 네가 즐길 수 있는 일을 하라는 어머니의 말씀을 듣고 피아니스트가 되기로 결심했다며 보는 사람을 즐겁게 했다. 취미가 무엇이냐는 질문에 프랑스에서 살고 있는 그는, 서로 다른 빵집에서 산 크루아상의 맛을 비교하면서 먹는 일이라며 웃었다. 가게마다 맛이 다르다는 프랑스 빵을 비교해가면서 먹는 일이 그에게는 한 끼니의 해결일 뿐만 아니라 허전한 마음을 달래주고 이국땅에서의 외로움을 이겨내는 방법으로 여겨져 애틋했다. 그렇더라도 그는 살기 힘들어 팍팍한

이 시대 우리들에게 희망의 아이콘으로 떠올랐다.

또한 피겨스케이팅 김연아 선수가 캐나다 밴쿠버 올림픽에 출전하여 자신의 기량을 맘껏 펼치고 나서 손으로 입을 막으며 왈칵 눈물을 쏟는 장면은 언제보아도 가슴 뭉클하다. 수없이 쏟아지는 화살 같은 시선 속에서 실수 없이 할 일을 해냈다는, 설령 결과가 만족치 못하더라도 열과 성을 다한 것으로 족하다는 후회 없는 눈물이기에 그 모습은 감동으로 다가왔다. 큰일을 치루고 난 후의 그 순간만큼은 스스로에 대한 고마움으로 솟구치는 안도의 눈물을 흘렸을 것이다. 대견하다는, 자랑스럽다는, 훌륭하다는 어떤 말로도 설명되지 않는 고마움으로 보는 이의 눈에도 핑, 눈물이 돌게 한다. 결과는 눈물에 화답하듯 금메달로 이어졌다.

한 사람이 온 국민과 세계인들을 환호와 기쁨으로 출렁이게 하는 일도 드물 것이니, 그의 영광은 마음 졸이며 기다리던 우리나라 사람들에게 베푼 커다란 시혜였으며 자신에게는 덕을 쌓는 일이었으리. 새처럼 나비처럼 날아오르다 굽이치는 물결인 듯 개화의 순간인 듯, 종횡무진 빙판 위를 누비면서 보여주는 율동과 기교가 환상이어서 마주 보며 서로 말을 잃게 되는 것이리. 무릇 인간이란 얼마나 아름다울 수 있으며 얼마나 진화할 수 있는 존재란 말인가, 새삼 감사로 경건해지는 것이리.

누구든지 큰일을 하고 나면 왈칵 눈물이 솟구친다. 누구는 목표를 향하여 팽팽하게 조준했던 마음이 떨어져나가면서 생기는 공허감 때문이라지만 열정을 쏟았던 만큼 마음에는 수렁이 생기기 마련이다. 최고의 자리를 차지했든 실수를 하거나 실력이 모자라서 낙오를 하였든,

최선을 다한 후의 허전함은 누구라도 쉽게 떨쳐버릴 수 없다. 무엇으로도, 어떤 것으로도 대체되지 않는 외로움은 더 나은 세계로 나갈 수 있는 도약의 계기가 되어 성장의 발판이 되기도, 좌절하여 실의에 빠지게도 한다. 그 순간의 적요가 자신을 추스르게 하여 앞으로의 향방을 좌우할 것이다. 그러한 가슴 절절한 체험 없이 어떻게 최선을 다해 인생을 살았다 할 수 있으며 정성을 다한 생이었다고 할 수 있겠는가.

예술가는 타고난 재능에 더하여 얼마나 노력하였느냐에 따라 성공을 좌우할 수 있다는데 젊은 그들이 그동안 의식주를 해결하려고 애썼거나 자신의 삶을 스스로 경영하였다고는 할 수 없을 것이다. 자녀들의 재능을 일찍 알아보고 길잡이가 되어준 부모들이 존경스럽고 기꺼이 부모를 따라서 원대한 자신의 꿈을 이룬 그들이 고마워 찬사를 보낸다. 남보다 월등한 업적을 이룬 이들이 훌륭한 것은 타고난 재능에 그들의 손과 온몸이 저절로 움직이도록 연마한, 고군분투한 수고가 빛나기 때문이다.

액막이

단아한 차림새의 한복집 노인이 괴불노리개를 만들고 있다. 귀를 내서 접은 세모꼴 헝겊에 솜을 넣어 갖가지 색실로 술을 달아 세 개를 나란히 이어 붙인다. 이따금 멍하니 창밖을 바라보거나 주먹으로 탁, 탁 가슴을 치면서 한숨을 내쉰다. 무심한 듯 하릴없이 바느질을 하는 것은 악몽의 시간을 잊기 위한, 운명에 대한 저항의 몸짓인지 모른다. 무엇이라도 하지 않으면 견딜 수 없는 지난 세월에 대한 분노를, 부글부글 무시로 끓어오르는 울화를 잠재우기 위한 방편이라 할 수 있다. 까닭 없는 죽음이 어디 있으며 사연 없는 인생이 어디 있으랴만 차마 말할 수 없는 치욕과 억울하게 당한 죽음은 우리를 아프고 슬프게 한다.

영화 〈귀향〉을 보았다. 앳된 소녀들이 일본군에 강제로 끌려가서 갖은 핍박과 수모를 당하고 우리나라가 해방이 되어 집으로 돌아온

지 70년의 세월이 흐른 지금, 나라에서 이분들에게 해준 것은 아무것도 없으며 영화도 이제야 나왔다는 것이 어이없다. 그동안 할머니들에게 무관심하여 경기도 광주에 있는 후원시설 나눔의 집에 다녀오지 못한 것도, '일본은 사과하라'며 일본대사관 앞에서 매주 열리는 수요집회에 참석하지 못한 것도, 이 영화를 만들기 위하여 수만 명이 후원을 하였는데 몰랐다는 것도 부끄러웠다. 자라면서 우리 엄마나 작은 엄마도 정신대, 소위 '위안부'로 끌려갈까봐 일찍 시집왔다는 이야기를 듣곤 하였으니 '위안부' 할머니들이 우리 어머니, 고모, 이모들을 대신하여 끌려갔다고 생각하면 우리 모두 이분들께 빚을 졌다고 할 수 있다. 그 당시 십대 소녀라면 누구나 여지없이 일본군의 올가미에 걸려들 수 있었다는 말이다.

조정래 감독은 '나눔의 집' 봉사활동에 갔다가 강일출 할머니의 이야기를 듣고 그 분의 증언을 토대로 우여곡절 끝에 영화를 만들었다. 제작하다가 돈이 떨어지면 중단하기도 하였으나, 주위 사람들이 십시일반으로 마음을 모으기도 하고 크라우드 펀딩을 통하여 14년 만에 빛을 보았다. 할머니들은 당시 겪은 상황을 그림으로 그리며 마음의 상처를 치유한다는데, 영화가 끝나자 그림이 화면 맨 위에 나왔다. 그 다음으로 우리나라 사람은 물론 외국인까지 포함한 7만 5270명의 후원자 이름이 자막으로 올라갔다. 한참 동안 이어지는 이름들을 보면서 할머니들의 아픔을 공유하고 연대하려는 마음의 끈, 산지사방에서 모여든 오롯한 정신의 줄을 생각했다.

일제 강점기인 1943년, 경남 거창 산골에서 부모와 함께 사는 천진난만한 외동딸 정민의 집에 일본군이 들이닥쳤다. 여자애들이 일본 군인에게 붙잡혀 가면 돌아오지 않는다는 말을 풍문으로 듣던 어머니는 부닥친 현실에 망연자실했다. 다급히 정민의 옷 보따리를 챙기고 치마 말기에 괴불노리개를 달아주면서 어머니는 눈물로 당부한다. "호랑이에게 잡혀가도 정신만 바짝 차리면 산단다. 이 노리개가 너를 지켜줄 것이니 꼭 지녔다가 마음 단단히 먹고 살아 돌아오너라." 영문도 모른 채 끌려가는 열네 살짜리 정민은 여기저기에서 잡혀온 아이들과 기차 화물칸에 실려 알 수 없는 곳에 부려졌다.

그곳은 제2차 세계대전의 격전지로 일본군이 주둔하고 있던 중국 땅이었다. 장시간 여행의 피로도 풀리기 전에 첫날부터 굶주린 사자처럼 달려드는 일본군을 상대하는 '위안부' 생활이 이어졌다. 말을 듣지 않으면 매질을 하고 울부짖는 아이들에게 윽박지르며 자신이 원하는 바를 해결하는 행위는 인간이 아니라 짐승이었다. 초경도 치르지 않았거나 남자 경험도 없는 아이들이 당한 수치와 학대를 어떻게 말로 다 할 수 있을까. 건장한 남자들에게 밤낮 구분 없이 성폭력에 시달리며 지옥과 같은 일상이 이어졌다. 탈출하려다 붙잡히면 모질게 매를 맞거나 총살을 당했다. 군인으로 끌려간 오빠를 그곳에서 발견한 아이는 충격을 견딜 수 없었는지 머리가 돌아버렸다. 알 수 없는 병으로 시름시름 앓거나 성병에 걸리면 가차 없이 총살시켜 석유를 뿌리고 불을 질렀다. 일본군들에게 소녀들은 사람이 아니라 필요할 때 사용하고 쓸모없어지면 가차 없이 버리는 소모품에 불과했다.

해 뜨고 달 지며 세월은 흘러 전쟁이 막바지에 이르자, 상부에서 부대를 철수하라는 명령이 내렸다. 일본군이 퇴각하면서 소녀들을 총살하려는 순간 격전이 벌어지고 아수라장으로 변했다. 정민은 한 살 위의 영희와 도망치면서 다리가 불편한 그녀에게 액운을 물리쳐줄 테니 꼭 쥐고 있으라며 노리개를 준다. 그러나 영희는 노리개를 다시 정민에게 돌려준다. 실랑이 끝에 영희가 노리개를 받아 든 순간 정민은 일본군이 쏜 총을 맞고 쓰러진다. 절체절명 위기의 순간에도 서로의 안위를 걱정하는 소녀들의 순진하고 소박한 마음이 가슴을 울린다.

정민 어머니의 말대로 괴불노리개가 액막이였는지 그걸 지녔던 영희는 살아 돌아왔다. 평생 마음에 짐을 안고 살아온, 살아 있어도 산목숨이 아니었던 영희는 노인이 되어 씻김굿을 하는 마당에서 "정민아, 미안하대이…", 엎어지면서 피를 토하듯 절규한다.

신록이 우거지기 시작하는 산과 모내기를 끝낸 푸른 들판 위로 나비떼들이 날아간다. 전쟁은 끝났으나 몸은 타국에 버려지고 넋만 나비가 되어 삼천리 방방곡곡 소녀들이 떠나온 고향 집으로 돌아가고 있다. 아리땁고 천진스런 소녀들이 가여워서, 홀대받고 살아온 할머니들의 지난 세월이 미안해서 영화가 끝났어도 쉬이 자리를 뜨지 못했다.

부끄러움을 무릅쓰고 대단한 결심으로 '위안부'의 실상을 증언한 후, 별다른 반응을 보이지 않는 주위 사람들의 무관심에 담담한 심경으로 토로하는 텔레비전 화면 속의 할머니와 찾는 사람도 없는 괴불노리개를 하염없이 만들며 남모르게 한숨을 내쉬는 할머니의 기막힌 심정을 뉘라서 알 수 있겠는가.

환(環)

남보랏빛 바탕에 매끈한 동그라미가 영락없이 솜씨 좋은 장인이 만든 금가락지이다. 가늘고 노란 동그라미가 보색 관계 때문인지 더욱 도드라져 보인다. 대갓집 마님 섬섬옥수나 규방 패물함에 어울리기보다 가난한 연인들이 어렵사리 마련한 결혼예물, 순금의 실반지 같다. 예사롭지 않은 미감과 빼어난 자태는 모든 것을 받아들이겠다는 굳건한 의지와 포용의 고리이다.

'88 서울올림픽' 개막식에서 일곱 살짜리 소년이 돌리던 은빛 굴렁쇠도 바로 저 모양이었다. '서울은 세계로 세계는 서울로'라는 슬로건을 내걸고 시작된 세계인의 축제에서 많은 이들의 눈을 집중시킨 채 모든 소리 잠재우고 굴렁쇠를 굴리며 넓은 운동장을 달려 나가던 어린이의 모습은 감동이었다. 세계 평화와 화합을 다지며 미래로 나간다는 상징이라 하였으나, 침착하게 굴리기를 마치자 굴렁쇠를 어깨에 메고 손을 흔들던 아이의 모습은 동양화의 여백처럼, 동살에 환해지던 한지 창의 고요처럼, 저녁 예불을 알리고 잦아드는 산사의 종소리처럼 뇌리에 남아 잊히지 않는 한 편의 서정시였다.

천체 사진집에서 본 금환일식(金環日蝕)은 또렷했다. 달과 해가 서로 움직이면서 만든, 절묘하게 맞아떨어진 조화의 순간이 감탄스럽고 찰나를 포착한 작가의 촉과 순발력이 탄성을 자아낸다. 달이 태양의 한복판을 가리면서 둘레를 가리지 못하여 태양이 고리 모양으로 보이는 현상은 일 년에 한두 번 일어날 수 있고 일어나지 않을 수도 있다. 같은 장소에서 일식과 월식이 일어나는 주기를 사로스 주기라 하고 이때 금환일식이 일어나는데 이 주기가 일정하지 않기 때문이다.

일반인에게 용어 자체는 생소하지만, 천체가 자전과 공전을 거듭하면서 일어나는 흔치 않은 순간을 사진으로 찍어 기록으로 남겼다는 것은 대단하게 여겨졌다. 그런 기회가 오더라도 날씨가 흐리면 그나마 볼 수 없을 뿐더러 촬영에도 고도의 기술을 요하기 때문이다. 천체 사진가도 이 순간이 감격스러웠는지 세상에서 가장 큰 이 반지는 아내에게 선물하였다고 책 말미에 적었다. 다이아몬드 몇 캐럿짜리가 아니라 순금 실반지를 보고 아내를 생각한 가난한 가장의 순정처럼 이 말은 신선했다. 새롭고 소중한 것을 발견하고 가족을 먼저 떠올린 순수한 마음이, 가치 있는 삶이 무엇인가를 아는 그가 고맙고 믿음직스러웠다.

고등학교를 졸업하자 엄마는 내게 기념으로 한 돈짜리 금반지를 선물해주었다. 어려서 명절이면 색동저고리나 갑사 치마저고리를 만들어 입히듯 특별한 날에 의미를 두어 사주었는지 모르지만 반지를 처음으로 끼어보았다. "손가락이 아주 가늘어요." 금방 주인 말처럼 손가락이 가늘어 한 돈짜리 반지라도 약지에 끼니 보기 좋았다. 노란색이 그렇게 화려한 색인 줄 처음 알았다. 보조 역할만 하는 노랑이 아니라 혼자서도 당당하고 아름다운 황금색이었다. 그 뒤로 늘 끼고 다녔으니 나이만으로도 화려한 이십 대의 젊은 날을 함께했다.

결혼하고 대전에서 살게 되자 남동생은 우리 집에서 대학교를 다녔다. 엄마는 동생에게도 금반지를 해주었다. 지금처럼 금값이 비싸지 않았다 해도, 남자에게 반지를 만들어 주는 것이 이해되지 않았으나 그런가 보다 생각했다. 얼마 후에 보니 동생 손가락에 반지가 없었다. 궁금해서 물었더니 친구들 여럿하고 술을 먹었는데 술값이 모자라 대신 반지를 주었다고 했다. "세상에, 그걸로 술값을 냈어?", "그럼 어떻게 해, 친구들 모두 돈이 없다는데…." 기가 막혔다. 우리 집에 다니러 온 엄마에게 그 말을 하자 사내아이들은 그럴 수 있다는 듯 별 말을 안 했다. 술도 잘 마시지 못하면서 술값을 낸 동생도, 아무 말 안하는 엄마도 이해할 수 없긴 마찬가지라 어이가 없었다. 그러나 착한 동생이 자진해서 그랬을 거라고, 환금성이 탁월한 금반지는 유사시에 쓸 수 있는 비상금과 같으니 객지 생활하는 아들에게 엄마는 그런 때를 대비해서 반지를 사주었을 거라고 나중에서야 깨달았다.

첫아이가 태어나 첫돌을 지내면서 선물로 반지를 여러 개 받았다. 아기 돌 사진에는 손가락 열 개에 금반지 열 개가 돌담에 피어난 영춘화 꽃송이처럼 매달려 있어 웃음이 나온다. 마침 다음 해가 시어머니 환갑이어서 그 반지를 모아 금반지를 해드렸다. 금반지를 처음 끼어보신 어머니께서 몹시 좋아하시던 모습이 오랫동안 잊히지 않았다.

　내 결혼반지는 디자인만 최신형으로 바꾸어 며느리에게 예물로 주었다. 원래부터 그렇게 하려고 마음먹기도 하였지만 친정엄마의 모습도 결정에 한몫했다. 뇌경색으로 쓰러진 뒤 정신 줄을 놓은 엄마는 당신이 애지중지 여기던 반지가 방 안을 굴러다녀도 애들 장난감처럼 대수롭지 않게 여겼다. 그 모습을 보면서 패물 따위는 일찌감치 정리하는 것이 낫겠다고 마음먹었다.

　고리 모양의 물상들은 모두 돌게 되어 있으니 고리 '環' 자에 '돌다'의 의미가 담긴 것은 우연이 아닌 듯하다. 사물에도 물성(物性)이 있다는데 늘 지니던 반지도 내가 정신이 온전할 때 주고 싶은 사람에게 물려주는 것이 물질의 본성에 맞게, 잘 굴러가도록 도와주는 방법이 될 것이다. 시어머니가 며느리에게, 친정어머니가 딸에게 반지를 물려주면서 가풍이랄 것까지야 없다 해도 가족의 소중함을 함께 물려주어야 가정도 사회도 삐걱대지 않고 활기 있게 돌아갈 것 아닌가. 어릴 때 넓은 운동장에서 굴렁쇠를 굴리듯 분주한 일상을 떠나 마음 가는 대로 넘어지지 않게 광활한 우주 속 동그라미를 굴리고 싶다.

풍경을 빌려 보다

주방 세제를 샀더니 '빌려 쓰는 지구'라는 말이 쓰여 있다. 자자손손 살아갈 지구를 우리가 잠시 빌려 쓰고 있으니 수질을 오염시키지 말고 세제를 아껴 쓰라는 말 같았다. 수질오염의 대표 격인 주방세제가 이런 말을 하였다는 것이 의아했으나 이 말을 알고 있는 기업이라면 가가호호 주방에서 외칠 것이 아니라 수질하고 상관없는 세제를 만들던지 아예 이런 것을 만들지 말아야 한다. 분명한 건 우리 후손들도 살아야 하는 지구이니까 더럽히거나 흠집도 내지 말고 깨끗이 쓰다 그대로 물려줘야 하는데 과연 누가 그럴 수 있을까. 시쳇말로 우리가 하루하루 사는 것 자체부터 쓰레기를 만드는 일이니까 말이다.

'차경(借景)'이라는 말이 있다. 빌려보는 경치의 미묘한 재미나 흥취라는 뜻으로 옛 선비들이 방 안에서 밖의 풍경을 바라보며 수고하지 않고도 누리는 안복을 표현한 말일 게다. 아무런 수고를 하지 않고도 문만 열면 눈앞에서 꽃이 피고 지며 비가 내리고 눈이 쌓이는 사계의 변화를 느끼고 기막힌 자연경관의 아름다움을 즐길 수 있으니 더없이 행복하다는 말이다. 아름다운 자연에 대한 외경에서 말미암은 찬사라 할지라도 방 안에서 정물처럼 앉아 밖의 풍경을 바라보는 것조차 미안해서 빌려보는 경치라 이름 붙인 조상들의 속 깊은 마음이 미소 짓게 한다. 바윗돌을 주춧돌 삼아 기둥을 세워 집을 짓고, 물줄기의 흐름을 거스르지 않으려고 마당으로 도랑이 흐르게 하고, 그 물로 텃밭의 농사를 짓는 일은 자연을 건드리지 않으려는 조심스러움에서 비롯되었다. 어찌 경치뿐이겠는가. 우리는 늘 자연의 시혜 속에 살고 있는 것을….

눈만 뜨면 어디든지 하늘은 파란 가슴을 열어놓고 산야는 신선한 공기를 내뿜고 있다. 요즘같이 사방에서 새싹들이 움터 오르는 것을 보면 자연의 에너지는 물론 정신의 활기를 느낀다. 모든 초목들이 풋풋하게 윤기 나는 모습으로 단장하고 가녀린 몸짓으로 꽃망울을 터트리며 삼라만상이 깨어나고 있다. 새싹은 우리가 딴 데 정신을 둘 때 돋아나는지 다시 바라보면 미세하게 더러는 확연히 눈에 띄게 자라기에 여기저기서 수런수런 생명의 박동소리가 들리는 것 같다. 때맞추어 해가 뜨고 달이 지며 비가 오고 바람이 불며 곡식이 익어간다는 사실은 얼마나 대단한 자연의 이치이며 은혜인가.

반면에 물질이 넘쳐나고 소비가 미덕인 풍요의 시대를 살면서 어쩔 수 없는 현상이라 해도 개인이나 나라마다 쓰레기에 골머리를 앓는다. 알게 모르게 우리가 날마다 쓰레기를 만들고 있으니 삶 자체가 필경엔 쓰레기로밖에 환치되지 않는다. 아무리 값나가는 보물이나 애지중지하여 손에서 놓지 않던 물건이라도 자신이 이 세상을 하직하면 모두 쓰레기에 불과하다는 사실이 섬뜩하게 다가온다.

시아버지가 돌아가시고 혼자 지내던 시어머니에게 치매 증세가 나타나 병원으로 모셨다. 옷 보따리 하나 들고 이웃집 나들이 가듯 집을 나선 시어머니는 요양병원에서 지내다 다시 집으로 돌아오지 못하고 떠나셨다. 양말 한 짝 허투루 버리지 않던 어머니의 손때 묻은 살림살이는 시나브로 먼지만 쌓였다. 당신은 아까워 차마 입지 못한 새물내 나는 옷이나 일상에서 요긴하게 쓰던 물건들조차 타인에게는 처치 곤란한 쓰레기라는 사실이 슬펐다. 얼마 후에 시누이들이 아궁이에 불을 지펴 태우는 것으로 뒷마무리를 하였으나 어머니 생전에 당신이 정리하였더라면 더 좋았을 것이다.

몇 번을 생각하다가 원하던 물건을 구입했거나 소중한 사람으로부터 선물을 받았거나 뜻밖에 굴러온 행운이거나 모든 사물에는 사연이 있기 마련이다. 우연이든 필연이든 이러저러하게 맺은 인연, 그 사연조차 갈무리하지 못하면 내가 쓰던 물건들은 모두 남에게 천덕꾸러기 신세라는 사실이 안타깝다. 곁에 두고 날마다 어루만지던 애장품, 일년에 한두 번 입을까 말까 하는 옷, 언젠가 긴요하게 쓸지 몰라 창고에 두었던 살림살이 모두 주인이 종언을 하기 전에 그것들의 거취를 정리해주는 것이 사물에 대한 예의이며 평생 살아온 세월에 대한 도리는 아닐까.

무소유를 내세울 자신도 없고 그럴 처지도 아니지만 자신이 쓰던 물건들은 생전에 스스로 정리해야 한다. 작은 것이라도 대대로 물려줄

만한 귀중품이면 가치를 일깨워서 자손에게 간직하기를 이르고, 아직 쓸 만한 물건이면 누구에게 주더라도 생전에 나누고, 마땅히 없애야 한다면 말할 것도 없이 쓰레기통에 버리거나 태워서 사물과의 결별도 정신이 온전할 때 스스로 해야 한다. 소유하던 것 최소한으로 줄여놓고 박경리의 시집 제목처럼 '버리고 갈 것만 남아 참 홀가분하다'고 말할 수 있다면 더할 나위 없을 것이다.

이 세상에 온전히 내 것이라 할 수 있는 것이 무엇이 있을까. 재물도, 지위도, 영화도, 학식도, 인연도 모름지기 우리는 모두 빌려 쓰다 필경엔 그대로 버리고 가는 것을…. 이것을 일찍 깨닫는 것이 남은 생을 잘 사는 비결은 아닐까.

똑같은 눈은 내리지 않는다

입춘이 한참이나 지났는데 뒤늦게 함박눈이 내린다. 땅속에서는 성급한 푸른 목숨 싹 틔울 준비를 하련만 지상에서는 마지막 성찬인 양 푸짐하게 쏟아지고 있다. 아파트 마당가 나무도 눈꽃을 피우고 주차되어 있는 차들도 하얀 눈을 소복하게 뒤집어써서 무대장치가 바뀐 연극처럼 어제와는 영 딴판인 세상이다. 도회지의 눈이야 교통에 방해가 되니 운전자들에게 반가울 리 없지만 하염없이 내리는 모습을 보고 있으면 마음도 차분해지면서 딴 세상에 들어와 있는 느낌이 든다.

앙상한 나뭇가지를 휩쓸고 가는 바람 소리에 진저리치고 먹이 찾아 내려온 산 꿩의 날갯짓 소리에 귀를 모으며 겨울을 나던 산마을의 정적이 그리워진다. 풍년이 들겠다며 등잔불 아래 청올치 꼬아 사려 감던 할아버지의 굽은 등이, 벽장에서 곶감 꺼내 주시던 할머니의 따뜻한 손길이, 뜨거운 김 내뿜으며 집 안으로 번지던 가을 팥 시루떡 구수한 냄새가 떠오르고 흘러간 세월이 못내 아쉬워진다. 흑백사진으로 떠오르는 유년의 추억은 나를 지탱하는 근원이고 정서였기에 잠자던 기억을 흔들어 깨우며 잊고 있던 과거로 회귀시킨다. 오늘 같은 날은 사람들과 부대끼며 일어나는 소요보다 산짐승이 겨울잠에 들듯 눈 덮인 산마을에 칩거하고 싶다.

백설이 빨강이나 노랑, 파랑이 아니라 순수 그 자체인 흰색인 것이 얼마나 천만다행인가. 시답잖은 생각을 하다가 쿡 웃음이 나왔다. 갈아엎은 밭고랑의 흙 빛깔이나 청아한 하늘빛, 싹 틔우는 연둣빛 나뭇잎이 그렇듯, 저절로 비롯된 색은 안정감을 주기 때문에 주위의 무엇과도 조화를 이룬다. 다른 어떤 빛깔이라도 또 그대로 마음을 맑게, 편안하게 할 것이니 어떤 색으로 장치를 하더라도 자연과 어울린다는 말이다.

초등학교 4학년 때였던가. 친구들과 교실 밖으로 나가 현미경으로 눈 입자를 들여다보았다. 눈송이가 눈에 보이는 그대로 동그란 모양이 아니라 조금씩 무늬가 달랐다. 녹으면 형체도 색깔도 없는 무형무색의 물로 변했지만 결정체는 육각형이고 그 안에 얼기설기 이어진 기하학적인 무늬가 신기했다. 그럼 눈송이마다 무늬가 모두 다를까. 선생님께 여쭈어보고 싶었지만 그럴만한 숫기도 없었던 나에게는 눈은 육각형의 결정체라는 말씀만 또렷이 머리에 박혔다. 미술시간이나 도안을 그릴 일이 있으면 눈 모양의 육각형 무늬를 모티프로 하여 꾸미거나 그려놓곤 했다. 그 후로도 눈 모양은 얼마나 많을까. 더러 의문이 생겼으나 그때뿐이고 당장 급한 것도 아니니 알아보지 않은 채 세월이 흘렀다.

오늘 아침 신문을 보면서 그동안 까맣게 잊고 살았던 궁금증이 풀렸다. 눈 결정체는 완벽하게 대칭을 이루는 여섯 개의 기둥과 부드러운 곡선, 직선이 기하학적으로 배열되어 있는 육각형이라는 것이다. 그 사실이야 알고 있었으니 새로울 것은 없으나 눈으로 보이는 눈송이가 모두 다른 모양이라는 점이 신기했다. 더구나 알 만한 사람은 다 알고 있는데 나만 모르는 일처럼 섭섭하면서 반가웠다.

미국인 윌슨 벤틀리(Wilson Bentley, 1865~1931)는 15세 때 현미경을 선물로 받고 눈을 관찰했다. 다양한 눈 모양을 보면서 그림으로 그리려고 시도하였으나 그림을 완성하기 전에 눈이 금방 녹아버리곤 했다. 교사였던 어머니가 사진기를 사주자 사진기 앞에 현미경을 장착하여 자신이 제작한 특수 카메라로 1885년에 처음으로 눈 결정체를 찍는 데 성공했다. 기둥이 다섯 개나 일곱 개인 결정체를 찾아보려고 애썼으나 허사였으며 모양이 서로 다른 눈 사진 6000여 종을 찍어 눈의 결정은 육각형이라는 사실을 증명했다. 농부이며 아마추어 사진가인 그는 1931년에 눈 사진 4000종을 골라 『눈 결정』이라는 사진집을 내고 "세상에 똑같은 모양의 눈은 내리지 않는다"라는 말을 남긴 채 몇 주일 후 세상을 떠났다.

그가 찾아낸 눈의 모양과 무늬 수가 그만큼이라는 뜻이니 다른 문양이 더 있는지는 다른 사람들이 찾아보고 연구해야 할 일이지만 눈의 구조에서는 그를 세계적인 권위자로 인정하고 있다. 사람 얼굴 모양이 다르듯이 눈 모양도 다양해서 세상에는 똑같은 눈의 입자가 없다는 것이 흥미롭고 신기해서 새로운 모양을 그토록 많이 찾아낸 그의 오롯한 정신과 끈기에 탄복했다. 사람 얼굴을 모두 확인하지 않았어도 생김새가 다르다는 것을 아는 것처럼 모양이 다른 눈 입자를 6000종이나 찾았다면 눈의 생김새 역시 모두 다르다고 할 수 밖에 없다.

자연계에는 우리가 이해할 수 없는 부분이 헤아릴 수 없이 많아 무한무량을 생각하다 보면 궁극에는 인간의 한계에 도달해 저절로 고개가 숙여진다. 말할 것도 없이 대기 중의 수증기가 찬 기운을 만나 얼어서 땅 위로 떨어지는 얼음의 결정체가 눈이다. 이것이 형성될 때는 대류에 따라 결정이 움직이기 때문에 모양이 바뀌고 그 과정에서 온도에 따라 물의 분자들이 천차만별의 형태로 나타난다는 것이다. 하나의 눈 결정체는 무려 100억 개의 물 분자로 이루어지기 때문에 이 숫자가 만들어 내는 물 분자의 '경우의 수'는 상상을 초월한다는 것이다. 이것이 지금까지 지상에 내린 모든 눈의 결정체가 서로 다른 이유라고 현대과학은 설명하지만 농부에게 풍년을 기약하고, 연인에게 추억을 만들어주고, 시인에게는 감성을 자극하여 상상의 지평을 넓게 하는 눈은 여전히 아름답고 불가사의한 일이다.

모처럼 풍성하게 내리는 눈이 뜻밖의 선물인 양 기껍다. 이런 날은 그림 속 풍경처럼 다정한 사람과 눈을 맞으며 걷고 싶다. 굳이 말하지 않아도, 어쩌다 생각난 듯 살아온 이야기 몇 마디 나누어도 괜찮겠다. 눈길을 걷다가 눈사람이 되어 찻집으로 들어서면 슈베르트의 〈겨울 나그네〉가 흘러나올 것 같다.

모자 뜨기

아이들이 어렸을 때는 겨울에 털실로 옷을 떠서 입혔다. 몸이 자라서 옷이 작으면 동생에게 물려주거나 털옷을 풀어서 몸에 맞게 다시 짰다. 꼬불꼬불한 털실을 주전자에서 나오는 뜨거운 김에 쏘여 동그랗게 사려 감았다. 아기자기하게 무늬를 넣거나 색깔의 조화를 생각해 옷을 짜면 만드는 기쁨이 함께했다. 옆에서 하마하마 새 옷을 기다리는 아이의 눈망울에는 조급함이 있었고 한 코 한 코 떠가는 손놀림에는 아이에게 빨리 입히고 싶은 설렘이 있었다.

뜨개질은 한 코라도 빠트리는 것은 말할 것도 없고 콧수가 늘어나면 옷 모양이 제대로 나오지 않는다. 헛수고한 시간이 아깝더라도 한 코의 중요성을 인지하고 잘못된 곳을 찾아 풀어서 다시 떠야 한다. 아무리 급해도 그걸 가벼이 여기면 옷도 무엇도 아닐 터이니 그렇다면 굳이 시간과 공을 들여 애쓸 필요는 없을 것이다. 무작정 옷을 떠서 완성하는 것만이 목적이 아니라 몸에 맞고 실용적이며 예뻐야 보람 있다는 뜻이다. 그것이 남을 위한 일이라면 더욱 말할 나위 없다. 세상 모든 이치가 그렇듯 인간관계에서도 매사에 열과 성을 다하고 상대에게 잘못하였으면 바로 사과하고 다시는 같은 실수를 하지 않을 때 개인도 신뢰가 쌓이고 사회도 건강해질 터이다.

올해도 '신생아 살리기 모자 뜨기 캠페인' 시즌이 돌아왔다. 전 세계약 120개 국가에는 어린이 권리를 실현하기 위하여 인종, 종교, 정치적 이념을 초월하여 활동하는 민간단체 중심의 비정부 국제조직인 '세이브 더 칠드런(Save the Children)'이 있다. 이곳에서는 아프리카 사막 근처나 일교차가 심한 지역에 살면서 체온조절 능력이 없는 아기들에게 털모자를 떠서 보내준다. 털모자는 체온을 약 2℃ 정도 높여주는 효과가 있어 저체중이나 영양이 부족한 생후 28일 미만의 신생아, 조산아들에게 체온을 유지하도록 도움을 준다. 전 세계에서 폐렴, 설사, 말라리아 혹은 출산 합병증으로 태어나는 날 사망하는 신생아는 매년 100만 명이며 한 달 안에 목숨을 잃는 아기는 290만 명이라고 한다. 많은 아기들이 털모자를 쓰면서 신생아 사망률이 현저히 줄어들었다. 우리나라에서는 이 캠페인을 2007년 처음으로 시작하여 2016년에 10회째를 맞았다.

"우리에게는 한 가지 목적이 있습니다. 단 한 명의 아이라도 더 구하는 것입니다. 우리에게는 한 가지 규칙이 있습니다. 그 아이가 어느 나라 아이든, 어떤 종교를 가졌든 상관없이 구해야 한다는 것입니다." 아이들은 어떤 위험에서든 아무런 조건 없이 먼저 구해야한다는 세이브 더 칠드런 창립자 에글랜타인 젭(Eglantyne Jebb)의 말이다.

나는 작년에 처음으로 이 캠페인에 참가하여 모자 여섯 개를 떠서 보냈다. 밖에서 눈이 푸짐하게 내리는 날, 벽에 등을 기대고 앉아 뜨개질을 하노라면 이미 어른이 된 우리 집 아이들 어릴 적 모습이 떠오르고 세상사 시름은 시나브로 스러졌다. 지난 일은 잠시 머물다 떠나는 바람처럼 한때의 소란이었고 아이들과 보낸 순간순간은 아름다웠다. 두 손 움직여 뜨개질하는 이런 시간도 세월이 흐르면 젊은 날 연인처럼 그리울 때가 있을 것이다.

보색대비로 모자에 줄무늬를 넣거나 꼭대기에 방울 달아 맵시를 내면서 이 모자를 쓰는 아기가 부디 건강하게 무럭무럭 자라기를 기원한다. 가무잡잡한 얼굴에는 원색의 털실 어느 색깔이든 어울릴 터이니 노랑, 분홍, 주황색 모자가 초파일날 처마 밑에 내걸린 연등처럼 가로등 불빛 아래 은행나무처럼 환하고 화사하게 주위를 밝힐 것이다.

이 캠페인에는 의외로 뜨개질과 상관없을 듯싶은 젊은이나 학생들이 많이 참여하고 있다. 특히 남자 대학생이 여자 친구와 함께 모자를 뜬다는 소식은 반가웠다. 남을 위한 봉사도 둘이 함께하면 기쁨이 배가 될 것이므로 그들의 우정이 연정으로 변하여 생의 동반자가 되기를 기대한다. 외국으로 배낭여행을 떠나는 대학생이 공항에서 비행기 시각을 기다릴 때나 낯선 도시를 여행하다 잠시 쉬는 자투리 시간에 모자를 짠다니, 이는 자신의 삶에 다채로운 무늬를 넣는 일일 게다. 젊은 날 이런 흐뭇한 시간도 있었지, 삶을 경영하듯 인생을 직조하는 것이다. 먼 훗날 채문을 들여다보며 미소 지을 날도 있으리라. 초등학생이 뜨개질을 배우려고, 직장 여성이 추억을 쌓으려고, 사고로 첫아기를 잃은 젊은 엄마가 아기를 생각하며 모자를 짠다. 요즘 젊은이들은 이기적이라고 흔히 말하지만 모자 짜는 젊은이들을 생각하면 대견스러워 가슴이 훈훈해진다. 남과 무언가를 기꺼이 나누어본 사람은 남을 위한다기보다 오히려 자신의 정신이 풍요로워지는 것을 실감한다. 심신이 너그러워야 봉사도 할 수 있으니 세이브 더 칠드런에는 이런 마음들이 모였을 게다.

하, 궁금한 것이 많아서 고물고물 세상으로 나와 모든 것이 새롭고 신기한 아기는 우리에게도 아름답고 신비로운 존재이다. 앞으로의 세상은 그들의 것이기에 인류의 희망이며 미래인 아기들에게 안녕과 평화를 기원한다. 내가 짠 모자 하나가 한 생명을 살릴 수 있다고 생각하면 과분하여 가슴이 설렌다. "오늘 우리가 돕는 그들이 내일 우리를 도울 것이다." 세이브 더 칠드런 창립자의 말처럼 지구촌에서 살아가는 사람들의 사랑과 봉사는 당연한 의무일 것이다. 이런 마음들이 해마다 뜨개바늘을 잡는다.

하얀 원피스

초등학교 3학년 첫영성체 때, 엄마는 하얀 원피스를 만들어주었다. 수녀님이 흰색 옷을 입히라고 하셨는지 시장에서 순백의 무명천을 끊어 왔다. 목선을 둥글게 파서 뒤트임하고 치마에 자잘한 주름을 넣어 뒤로 끈을 묶는 반소매 원피스는, 햇살 고운 봄날 나래 접고 장다리 밭에 앉은 하얀 나비처럼 조촐했다. 한 바퀴 빙, 돌면 풍성한 주름이 항아리처럼 부푸는 것이 재미있어 자꾸 돌아보았다.

교리를 배우러 다니고 기도문 외우는 것이 쉽지 않았어도 밀떡 형상 안에 계시는 예수님을 받아 모시는 첫영성체의 설렘은 머리에 꽃띠를 두르고 하얀 원피스를 입은 모습과 함께 어릴 적 소중한 추억이다. 실수할까 봐 걱정하던 것과는 달리 혀에 닿자마자 입안에서 녹아버리던 밀떡의 형상은 신기하고 신비로웠다. 예수님을 모시려면 하얀 옷처럼 마음도 깨끗해야 한다는 수녀님 말씀 따라 마음으로 지은 죄까지 찾느라 곰곰 노심초사했다.

원피스는 마음에 꼭 들어 성당이나 학교 갈 때만 입었다. 알게 모르게 때가 잘 타고 얼룩이 생기면 쉽게 눈에 띄었으니 엄마가 굳이 이르지 않아도 어린 소견에 행동거지를 조심하였다. 그 시절에는 어느 집이나 텃밭에 야채를 심어 반찬거리를 자급자족하듯 아이들 옷도 만들어 입혔는데 나는 키도 작고 마디게 자랐으니 이 옷을 오래 입었을 것이다. 엄마는 옷본도 없이 천을 마름질하여 재봉틀로 원피스를 만들었다. 여학교 가사 시간에 치수를 잰 다음 옷본을 만들어 옷 만드는 양재를 배우면서 눈대중과 손짐작으로 옷을 만들던 엄마의 바느질 솜씨가 신기하고 궁금했다.

나도 딸아이가 어릴 때 엄마처럼 입던 옷을 놓고 마름질하여 만들어 보았으나 바느질은 올을 다툰다더니 옷이 태가 나지 않았다. 더구나 표준 치수에 맞춘 기성복도 제 몸에 맞추기 쉽지 않은데 그것도 아무나 하는 일이 아니었다. 자꾸 만들다보니 궁리와 요령이 생겨 미흡하나마 마음에 들기도 했다. 그러나 시행착오를 거친 후에야 반드시 옷본을 가지고 마름질하여 제대로 된 옷을 만들었다. 설계도가 정확해야 실용적이고 튼튼한 집을 지을 수 있듯이 옷도 마찬가지였다.

"우리 데레사, 천사 같구나."

첫영성체를 축하해주러 오신 수산나 대고모가 환하게 웃으며 성당마당이 울리도록 큰 소리로 말씀하셨다. 첫영성체 예식이 끝나 사진을 찍으려고 층계참에 서서 두 손을 모은 채 기다리던 순간이었다. 숫기가 없고 부끄럼을 잘 타던 나는 남자 애들도 있는 데서 큰 소리로 말하는 대고모의 칭찬이 꼭 놀리는 것 같아 얼굴이 빨개졌다. 어린 것이 동생을 잘 돌본다고, 심부름을 잘해서 착하다고 대견해 하셨지만 남에게 드러나는 게 부끄러워 멀리서라도 대고모가 눈에 띄면 쥐구멍이라도 찾는 듯 고개를 숙이곤 했다. 그런 칭찬들이 꼭 싫지는 않았으나 광고하듯 떠들며 과장되게 말하는 것은 질색이어서 나중에 어른이 되면 조용조용 작은 소리로 말하겠다고 은연중 다짐하곤 했다.

　결혼하고 대전에 살 때였다. 친정에 갔는데 엄마에게 대고모께서 편찮으시다는 말을 듣고 가슴이 덜컥 내려앉았다. 얼마나 나를 귀해 하셨던가 싶어서 찾아뵈었더니 고맙다는 말씀도 힘겨워하셨다. 이제는 그것마저 옛일이 되었다. 엄마의 막내 고모인 대고모는 내가 다 자라도록 무조건 예쁘다고, 아무거나 잘한다고 추어주시던 분이다. 나뿐만이 아니라 당신 조카의 아이들 누구에게나 그랬던 것은 천성이 너그럽고 인자하셨기 때문일 게다. 꽃 한 송이가 피어나는 데도 흙, 물, 햇빛은 물론 이른 아침 물안개의 부드러움과 초저녁 유연한 달빛이, 바람이 무시로 어루만지고 쓰다듬어준다. 어린이가 자라는 과정에서 부모의 엄격한 교육도 필요하지만 형제는 물론 주위 어른의 조건 없는 사랑도 용기를 북돋아주고 힘을 보탠다는 사실이 새삼스러워진다. 엄마가 우리에게 무덤덤하게 대하면 아이들에게 좀 살갑게 대하라고 엄마를 나무라시던 분. 부지런해서 매일 새벽미사에 빠진 적이 없으며 오른팔을 내젓듯 큰 몸짓과 큰 소리로 가슴에 십자성호를 그었다. 참으로 목청이 컸던 대고모가 미사 때 선창하듯 성가를 부르면 굳이 지목하지 않아도 모두 따라 불렀다. 성당의 궂은일에도 몸을 사리지 않았기에 오랫동안 부인회장을 맡았다. 졸지에 상을 당한 상가에서도

경황 중에 대고모를 찾았고 우두망찰한 상주를 대신하여 내 일처럼 앞
장서서 구성진 목소리로 연도를 주도하셨다. 우리 집 가까이 살면서
무슨 일이든 도와주셨으니 그분이 떠난 다음에야 휑하니 자리가 드러
나서 엄마는 꽤나 섭섭해 하고 애달파했다.

그해 성체성혈대축일에 아산에 있는 공세리 성당에서 '성체 거동'이
있었다. 충청도에서 가장 오래된 성당은 고딕식 빨간 벽돌이 고색창연
하고 몇 백 년 되었다는 느티나무가 숲을 이루고 있었다. 수녀님이 주
일학교 어린이들을 데리고 갔다. 온양에서부터 걸어서 갔는지, 무얼
타고 갔는지 기억이 없고 하얗게 햇살이 쏟아져 내리는 신작로 위에 눈
부신 아지랑이만 아롱아롱 피어올랐다.

촛불을 든 복사단이 앞장서고 신부님들이 뒤를 잇고 흰옷을 입은 아
이들이 촛불을 들고 뒤따르는 모습은 제대 앞에 놓인 백합처럼 청초했
다. 신부님이 귀하던 때여서 한 분이 오랫동안 같은 본당에서 사목을
하셨다. 공세리 성당에는 불란서 신부님이 계셨고 온양 성당에는 한마
태오 신부님이 계셨다. 판공 때는 요리문답을 외워서 찰고를 하였는데
평소에 잘 외우던 것도 신부님 앞에만 가면 부끄러워 입이 떨어지지 않
아 애를 먹으니 자연히 신부님이 무서웠다. 크게 야단맞지 않았어도
수줍음이 지나쳐 묻는 말에 제대로 대답도 못하고 자신 없어하던 소
심증은 자라면서 내내 나를 괴롭혔다. 그건 어른이 되어서도 마찬가
지로 많은 사람 앞에 서는 것이 두려웠으나 그것 또한 잠시 지나가는
일이었다.

우리 뒤로는 흰색이나 검정색 두루마기를 입고 갓을 쓴 근엄한 노인
들의 발길이 이어지고 푸새하여 다림질한 모시 치마저고리를 입은 할

머니들의 적삼 올 사이로 바닷바람이 무시로 드나들었다. 버석거리는 무명 치마저고리 입고 당목 미사 수건 머리에 묶어 뒤로 젖혀 쓴 아주머니들과 분홍 치마저고리를 입은 아가씨들이 뒤따르며 라틴어 성가를 불렀다. 그 당시 모든 미사 전례가 라틴어였고 성가 또한 그랬다.

성가 책 없이도(책이 있다한들 악보를 볼 줄 모르니 매한가지였으나) 남녀노소가 행렬을 따라가며 선창자 따라서 "딴뚬에르고 사크라멘툼…"으로 시작하는 성체 성가를 라틴어로 정확하게 부르는 것이 신기했다. 성가대가 따로 없이 미사 전에 앞에서 누군가 선창하면 귀로 듣고 입으로 외워 그걸 따라 부르며 익혔을 뿐인데 무명천이 물 빨아들이듯 자연스럽게 흡수하여 노래를 불렀다. 반복해서 부르며 터득하는 구전의 학습 방법이, 남녀노소 구분 없이 모두 라틴어로 노래를 부른 것이 어떻게 가능하였는지 길래 불가사의한 일이다. 가락도 뜻도 모르지만 하느님을 찬미하는 뜻일 거라는 막연하지만 순수한 믿음이 가능하게 했던 것일까.

그뿐이던가. 아침저녁마다 드리던 조과와 만과, 돌아가신 분들을 위해 바치는 연령을 위한 기도 등도 할아버지는 책을 보셨으나 할머니는 그 긴 기도를 날마다 오로지 구송으로만 하셨다. 할머니는 한글을 아셨던가? 어떻게 그 긴 기도문을 모두 외울 수 있었는지 수십 년이 지난 지금에서야 드는 의문이다. 천주교인에 대한 박해 시대를 거치며 모든 것은 한순간 사라지고, 이승의 삶은 아침 이슬 같다는 것을 터득한 분들이라 그럴까. 신앙심이 투철했던 옛 분들은 기도나 노래를 그렇게 거부감 없이 받아들이며 익혔다. 그건 조선 시대 학자들이 천주교를 신앙이 아니라 천주학이라는 학문으로 접하며 연구하다가, 신천지가 열리듯 정신이 깨이면서 신앙으로 받아들여 믿게 된 초기 신자들의 믿음과 맥을 같이 할 것이다.

라틴어로 성체 성가를 부르며 성당을 한 바퀴 돌고 성당 안으로 들어가 마룻바닥에 앉아 미사에 참례했다. 신부님이 제대를 돌아가며 분향을 피운 다음, 신자들을 등지고 미사를 집전했다. 그리곤 성광 가운데에 성체를 모시고 방사형으로 뻗친 성광을 제의로 감싸듯 쥐고 들어올렸다. 하얀 꽃가루 떨어지듯 화사하게, 깜짝 놀라리만치 크고 요란하게 쏟아지던 종소리는 성체강복의 절정이었다. 소리로 말미암아 눈부시게 환상적인 색채로 전이되는 광경은 색청의 최초 기억이다. 그 순간을 생각하면 환각처럼 무수히 많은 금가루가, 알록달록 아름다운 꽃가루가 팔랑거리며 쏟아진다. 종일 걷다시피 하여 피곤해 쓰러졌어도 잠결인 듯 꿈결인 듯 종소리는 수백, 수천 개의 방울소리로 울려오고 머릿속에서는 종이꽃이 난분분하였다.

다른 어느 색으로도 대신할 수 없는 백색은 모든 것을 받아들이겠다는 관용과 포용의 색이다. 신체나 정신이 여물지 않은 어린이들에게 미지의 세계는 무궁무진하여 다채롭게 펼쳐질 것이다. 어릴 적 입던 흰 원피스는 새로운 세계, 인식에 눈 뜨던 어린 영혼의 표상이었을까. 하얀 원피스는 순진무구하던 유년의 상징이며 두 번 다시 돌아올 수 없는 곳으로 흘러가버린 세월의 강물이다.

색동 기억

딸아이 결혼식 때 일이다. 예식이 끝나자 색동저고리와 남빛 바지를 입은 다섯 살짜리 손자가 신랑신부에게 꽃바구니를 건넸다. 박수소리가 꽃비처럼 쏟아지는 가운데 입장할 때 의젓하던 걸음걸이와는 달리 나올 때는 부끄러운지 빨간 카펫 위를 달렸다. 평소에 말수 적고 수줍음 많은 아이가 싫다 않고 나선 것도 뜻밖이었으나 큰일을 하고 난 듯 표정은 양양(揚揚)했다. 당초에는 세 살짜리 동생과 함께 주기로 하였으나 낯선 사람들의 시선에 놀랐는지 그런 자리에 나서기에는 아직 어렸는지, 동생이 울어버리는 바람에 오빠가 바구니 두 개를 들고 혼자 나선 것이다.

나중에 딸아이가 고맙다며 손자에게 물었다. "장우야, 그때 기분이 어땠어?", "음, 조금 떨렸어." 하고 말해서 모두 웃었으나 아주 잘했다고 칭찬해 주었다. 딴에는 긴장했나 보다. 그렇더라도 어릴 적 겪은 이런 기분 좋은 긴장은 오래도록 기억에 남아 원만한 인격 형성에도 영향을 준다니 기쁘고 흥겨운 일이라면 무엇이든지 일찍 경험하는 것이 좋을 터이다.

나도 여섯 살 때, 막내 외삼촌 결혼식에서 색동저고리에 빨간 치마를 입고 머리에는 꽃띠를 두른 화동으로 들러리를 섰다. 신랑은 양복을 입고 신부는 흰 치마저고리에 긴 면사포를 두르고 화관을 썼다. 신부가 든 조화 부케는 얼마나 커다랗던지 갓난아기 이불 보따리만 했다. 시골 좁은 강당에는 친척과 동네 사람들이 빼곡히 들어차 결혼식을 보려고 사슴처럼 목을 늘였다. 강당 마루에 깔아놓은 깃광목이 한여름 신작로에 쏟아지던 햇살처럼 눈부셨다. 하얀 길에 종이 꽃가루를 뿌리는 일이 긴장되어 어린 눈에도 아득히 멀어 보였다. 신랑 신부 앞날이 꽃길이기를 축원하며 꽃가루를 뿌린다는데 정작 나는 바구니에 담긴 꽃가루를 흘릴까봐 긴장하여 손잡이를 꽉 움켜쥐었다.

나중에 어른이 되어 가보았더니 강당 안은 몇 걸음 안 되는 아주 짧은 거리였다. 두어 발짝 떼고 멈추어서 머리 위로 꽃가루를 던지는 일은 환상이었다. 자꾸자꾸 던지다보니 신이 났는데 신랑 친구들이 던진 기다란 색종이가 신랑 신부 머리 위에 덮치듯 쏟아졌다. 갑자기 터져 나온 요란한 박수 소리에 놀라서 울듯 말듯 얼굴을 찡그렸다. 그러다 검은 보자기를 뒤집어 쓴 사진사 아저씨의 폭죽 터뜨리는 소리에 깜짝 놀라 꽃바구니를 떨어뜨릴 뻔했다.

외사촌 오빠들이 무서운 호랑이 얼굴을 흉내 내며 앙, 소리치는 바람에 질겁하여 엄마 등에 고개를 묻으며 울었다. "네가 이뻐서 그러는 거야." 엄마가 안고 달래도 무서워서 자지러졌다. 오빠들 짓궂은 장난이 싫어서 업어준대도, 눈깔사탕을 한 주먹 내밀어도 도리질을 했다. "애 놀랜다"고 엄마한테 야단맞으면서도 오빠들은 나를 놀리고 싶어 또 얼굴을 험상궂게 일그러뜨리곤 했다.

명절이면 엄마는 늘 한복을 만들어주었다. 설날에는 색동저고리에 빨강 뉴똥 치마, 추석에는 노랑 갑사 저고리에 빨강 치마를 만들었다. 이날 입은 것은 설날 입었던 것인지 새로 만든 것인지 모르겠으나 모두 예쁘다고 한 마디씩 하면 부끄러워서 엄마 치맛자락 뒤로 숨으며 나비 물린 코고무신만 내려다보았다. 위로 오빠가 있고 아래로 남동생들이 연이어 태어났으니 엄마는 딸 키우는 재미로 명절에 때때옷을 만들어 입히고 나는 설빔을 입으며 호사를 누렸는지 모른다.

언젠가 친정 집안 행사에서 고모네 언니를 만났는데 인사를 나누자마자 난데없이 언니가 말했다. "너는 명절 때 항상 너의 엄마가 한복을 만들어 주었는데 나는 그게 그렇게 부럽더라." 내가 한복 입은 것이 부러웠다는 건지 엄마가 한복을 만들어 준 것이 그렇다는 건지 잠시 헷갈렸다. 그렇더라도 환갑 넘은 분이 어릴 적 부럽던 마음이 아직도 남아 있다는 것은 오랜만에 만난 반가움의 표현이겠으나 내가 모르는 일이라 해도 미안했다.

공중에 떠 있는 물방울이 햇빛을 받아 나타나는 반원 모양의 줄무늬, 빨주노초파남보의 일곱 빛깔이 무지갯빛으로 존재하듯 각각의 고운 색 천을 이어 붙여서 물색 고운 색동으로 창출한 것은 우리나라 여인네들의 남다른 눈썰미이고 탁월한 미의식, 색채 감각이라 할 수 있다. 다양한 색의 집합체인 색동은 그대로 독립적인 색으로 우아한 개

성미가 있다. 경사스러운 날 어린아이 복색으로 마침맞기는 빨간 치
마 색동저고리만한 것이 없고 새색시의 노란 저고리 소매 끝에만 색동
으로 강조하여 꽃다운 새색시의 물색을 더욱 돋보이게 하였다. 색깔
을 자유자재로 배치하여 조합하였어도 색동은 밋밋한 화사함에 그대
로 버젓하여, 경사스러운 날에 화룡정점인 양 품위를 더했다.

어릴 적 화사한 기억을 모두 떠올릴 수 없더라도 한군데로 그러모아
서 펼쳐놓는다면 복사꽃 흐드러진 봄날이거나 흥성한 저잣거리 모퉁
이에서 엄마가 내 손에 들려주던 솜사탕 같다. 하늘로 솟구치다 흩어
지던 축제 마당 불꽃이거나 성탄절 크리스마스트리에 매달린 은방울
과 금빛별, 빨간 지팡이처럼 감미롭고 풍성한 것이다. 살면서 서러움
에 더러 눈물 글썽였어도 그런 아름다운 날 덕분에 마음을 추스르고
정신을 올곧게 지킬 수 있었다. 근심 모른 채 귀염 받고 자란 어릴 적
복사꽃 기억은 정말 그런 날이 있었을까 싶게 생게망게하여 아득하지
만 한바탕 질펀히 꿈을 꾸고 난 것만 같이 아롱아롱한 색동 기억인 것
이다.

송편 빚기

휴가를 맞아 아이들이 온다기에 송편을 만들기로 했다. 이른 봄에 쑥을 뜯어다가 쌀과 빻아놓은 것이 있으니 마음만 먹으면 언제든지 떡을 만들 수 있다. 소금 간한 가루를 익반죽해서 동글납작 아기 손바닥만 하게 만든 쑥 개떡이나 녹두 소를 넣은 송편은 쑥 향도 나고 담백하여 먹기도 좋을 뿐더러 쑥이 방부제 역할을 하여 쉽게 쉬거나 배탈이 나지 않는다. 더구나 지난번에 네 살, 여섯 살짜리 손주들이 뜻밖에 송편을 잘 먹던 것이 생각났다.

시장에 가면 다양한 종류의 떡이 많이 있지만 송편은 한두 개 먹으면 질려 손을 거두게 된다. 쫀득한 맛없이 물렁한 것도 그렇고 떡끼리 달라붙는 것을 방지하려고 기름을 바른다더니 기름도 나름이겠으나 어려서 먹던 송편 맛은 아닌 것이다. 기름 바른 절편이나 꿀떡, 송편을 보면 푸새하여 다림질한 삽상한 무명옷을 입다가 후덥지근한 나일론 옷을 입은 때처럼 답답하여 메떡 고유의 맛을 반감시킨다. 화전이나 수수부꾸미가 아닌 다음에야 멥쌀의 순수한 맛으로 족하니 메떡에 기름은 아무래도 어울리지 않는다.

어느 해 봄, 남녘으로 꽃구경 갔을 때 먹어본 절편 맛을 잊을 수가 없다. 사태 지듯 피어난 매화꽃 절경도 볼 만하였지만 축제 마당 모퉁이 노점에서 산 떡의 기억이 오롯하다. 넓적하고 두툼한 것이 손바닥만 하게 크기도 하려니와 고물로 얹은 백설기 가루가 맛을 도왔는지 자꾸 먹어도 질리지 않았다. 우툴두툴하던 백설기 가루는 아무래도 떡이 서로 달라붙는 것을 막으려는 궁리겠으나 수더분한 여인네의 야무진 손맛 같은 절편을 맛본 뒤로 해마다 봄이면 그게 먹고 싶어서 꽃나들이 핑계 삼아 떠나고 싶은 것이다. 떡 맛은 쌀 맛이기도 하니 묵은 쌀보다는 햅쌀로 만든 떡이 훨씬 담백하고 구수하여 입에 당긴다.

음식도 때맞추어 해먹어야 제 맛이라 하였으나 요즘은 제철 없이 푸성귀도 풍성하고, 너나없이 격식 차릴 일도 없고, 절기 찾을 일도 무색하여 아무 때나 먹고 싶은 음식을 만들 수 있다. 마침 녹두를 갈아 놓은 것이 있기에 물에 담갔다. 두어 시간 불려서 여러 번 헹구었더니 껍질이 오소소 쌓이고 뽀얀 알갱이만 남았다. 녹두알을 그냥 물에 불리면 도저히 껍질을 벗길 수 없으나 반쯤 갈아 놓은 생녹두를 물에 담그면 쉽게 벗길 수 있어 신통하기 짝이 없다. 콩국수를 하려고 콩 껍질을 벗기려면 삶아서 물에 비벼야 하는데 녹두는 반대로 다루어야 하니 같은 콩과 식물이면서 손질법이 다른 것은 저마다의 물성(物性)이 다르기 때문일 게다. 성분을 해체, 분석하는 일이야 전문가들의 몫이겠으나 곡식 낟알 고유의 특성을 경험으로 터득하여 특성에 맞게, 쉽고 빠르게 다룰 줄 안 옛 분들의 지혜는 감탄스럽기 짝이 없다. 하물며 본성이 제각각인 사람일 바에야 말해 무엇 하겠는가. 서로의 개성과 인격을 존중해줘야 하는 이유가 여기에 있다.

껍질 벗긴 노란 녹두를 베보자기 깔고 살짝 쪄서 소금으로 간맞추어 절구에 찧으면 고소하고 향기로운 풍미가 은근하고 깊다. 아이들은 깨소금에 설탕 넣은 소를 좋아하지만 정작 맛으로 가르자면 녹두송편이 그중 낫다. 이 편한 세상에 누가 집에서 떡을 만드느냐, 답답한 노릇이라 하더라도 심심한 손 놀게 할 겸 바느질하듯 정성들여서 굴려도 터지지 않게 동글갸름한 송편을 빚는다. 커다란 솥에 베보자기를 깔고 한 번에 쪄냈다. 음식이나 기호식품이 예전처럼 호구를 위한 것만은 아니니 만드는 즐거움과 함께 먹는 기쁨, 완상의 취미도 있기 마련이다. 환호하며 달려올 아이들이나 흐뭇이 먹어줄 식구가 당장 없어도 서운할 일 아니어서 한 김 나간 송편을 지퍼 백에 담아 냉동실에 넣었다. 사실 아무 때나 누가 온대도 솥에 쪄내면 되니 그 아니 좋으랴.

엄마는 오빠 생일에 송편을 만들었다. 먹기는 쉬워도 손이 많이 가서 번거로운데 오빠가 다른 떡은 먹지 않으면서 송편만 좋아했기 때문에 생일 전날 방앗간에서 떡쌀을 빻아왔다. 음력 7월 말 생일이니 한더위는 비켰다 해도 아직 더위는 남아 있어 녹두 고물이 쉴까봐 미리 해놓지도 못하고 아침 일찍 일어나 녹두 거피를 내서 송편 만들 채비를 차렸다. 오빠가 결혼해서 천안이나 서울에 살 때 나는 결혼 전이었기에 송편 바구니를 들고 엄마의 나들이에 동행하곤 했다. 가게일과 집안일로 늘 바빠 동동거려도, 늦게 퇴근해서 들어온 무뚝뚝한 오빠가 "오셨어요?" 인사하고 나면 별 말이 없어도 그러려니 하면서 해마다 거르지 않았다. 송편이 뭐 그리 대단한 먹을거리도 아니고 몇 개 먹고 나면 그뿐, 바빠서 다음날이면 돌아서야 했으니 나는 엄마의 송편 행차가 좀처럼 이해되지 않았다. 그러나 세상 이치는 겪어보지 않으면 알 수 없는 법이다. 그것은 엄마에게 세상에 다시없을 흥취이며 보람이고 눈감기 전까지 놓지 못했던 자식에 대한 연민이며 아들 사랑이었음을 내 아이를 키우면서 알게 되었다. 수단과 방법이 다를 뿐 그보다 더한 일도 할 수 있는 것이 세상 엄마들이다.

온 아파트를 들었다 놓듯 우렁차게 울어대는 매미소리를 들으며 익반죽 꼭꼭 주물러 송편을 만든다. 가부좌하고 앉아 참선하듯, 호고 공그르며 바느질하듯 녹두 고물 꼭꼭 아물러 사탕 물린 아기 볼처럼 통통한 송편을 빚는다.

한여름 단잠 자고 일어나듯

모처럼 놀러온 동생과 쑥을 뜯으러 갔다. 밭두렁에는 눈여겨보지 않으면 있는지 없는지 모를 자잘한 풀꽃들이 한창 돋아나고 있다. 쏟아지는 햇빛을 받으며 밭두렁에 앉아 있다. 겨울에 몸을 꽁꽁 얼려 내성을 키우듯 이른 봄이면 움츠러든 육신을 봄볕에 쪼이고 싶다. 마음은 물론 몸도 그러자고 한다. 쑥을 뜯는다는 것이 구실일 수 있으나 봄나들이 간다는 말이 있는 것을 보면 나만 그런 것은 아닐 듯싶다. 봄볕이 온몸을 휘감아 돌면 나른하면서 활기찬 기운을 느낀다. 마른 가지에 새순이 움트듯 무사안일의 각질을 뚫고 무수한 생각들이 가지를 친다. 인류 공영에 이바지 하겠노라 깃발을 흔들겠는가. 내 주변의 이야기에서 벗어날 수도, 벗어나서도 안 되는 일에 마음을 모은다. 모든 일에는 반드시 끝이 있고 지금은 힘들지만 앞으로 잘 될 것이라는 희망을 갖는다.

친구의 세 살짜리 외손자가 병원에 있다. 친할머니와 지내다 주말에는 엄마와 외가로 와서 온 집 안을 휘젓고 다니며 재롱을 피워 절간 같던 집안에 활기를 불어 넣었다. 궁금한 것이 많아 신칙 안 하는 것이 없고 동화책을 읽어 줄 때 슬픈 이야기가 나오면 금방 눈물을 줄줄 흘렸다. 어쩜, 아기가 감정이 풍부하구나. 우리도 신기해서 아기가 자라면 배우를 시켜야겠다며 입을 모았다. 시아버지 모시며 살림하랴 직장에 다니랴 바빠서 늘 동동거리는 친구는 주말마다 오는 딸네 식구 밥해 먹이기도 손님처럼 힘들다고 푸념하더니, 그것이 얼마나 폭포 같은 은혜이고 강물 같은 평화였는지 깨닫게라도 하듯 아기는 의식 없이 삼개월째 누워있다.

한 달쯤 되었을 때 병문안을 갔다. 어제 막 산소호흡기를 떼었다면서 혼자 숨 쉬는 것만도 얼마나 고마운 일인지 모른다며 친구는 눈시울을 붉혔다. 호흡만 할 뿐이지 약이나 미음은 코에 연결된 고무관에 주사기로 주입시키고 팔 다리는 마비되어 뻗친 상태 그대로였다. 더구나 까맣고 동그란 눈동자는 정지되어 있어 '세상에! 이를 어쩌면 좋아' 하마터면 나올 뻔한 이 소리를 꿀꺽 삼켜야 했다. 엄마, 아빠를 닮아 얼굴이 뽀얗고 이목구비가 또렷한 아기는 예쁘기만 한데 인형처럼 표정 없는 모습이 너무도 가엾고 기가 막혀 무어라 위로의 말도 나오지 않았다.

평소에 할머니와 지내던 영민한 아기는 직장에 다니는 엄마가 언제쯤 저와 함께 하리라는 것을 알고 있었다. 그런데 엄마는 친구 결혼식에 가려고 바삐 집을 나섰다. 토요일이 되어 함께 있으려니 생각한 아기는 엄마가 말도 없이 나가버리자 화가 나서 앙, 울어버렸다. 할머니가 우는 아기를 달래려고 급한 마음에 배를 깎아 한 조각을 먹였는데 그것이 화근일 줄이야. 갑자기 호흡곤란이 와서 할머니가 거꾸로 들고 등을 두드렸으나 배 조각은 기도를 막아버렸다. 허겁지겁 아빠가 안고 동네 병원으로 달려갔으나 큰 병원으로 가라했다. 병원으로 달려가던 20여 분의 지체는 아기를 혼수상태에 빠트렸고 뒤늦게 산소 호흡기에 의지하다 지금에 이른 것이다.

모든 세포가 자라나는 성장 과정의 아기인지라 변수가 있을 수 있지만 지금은 무어라 말할 수 없는 상태라고 의료진이 전하니 기적을 바랄 수밖에 없다며 친구는 끝내 눈물을 보이고야 말았다. 조금씩 나아질 것 같으니 희망을 버리지 말라고 위로랄 수도 없는 말을 하며 돌아섰다.

차도가 없는 병에도 세월은 흐르고 나아질 기미도 보이지 않는데 장기 입원 환자는 별 득이 없는지 설상가상으로 병원에서는 나가라고 했다. 아이는 병원을 두 군데나 옮기며 면역력이 떨어져 폐렴이 왔고 고열에 시달리다 다시 먼저 병원으로 왔다며 친구는 지쳐 있었다. 아기가 너무 애처로워서 볼 수 없다고 했다. "그동안 내가 너무 편케 살았다는 생각이 들어. 내 삶이 이렇게 힘든 적은 없었는데…." 과학과 의학이 아무리 발달하였더라도 정작 환자에게 아무런 도움이 안 되어 손쓸 수조차 없이 막막할 지경이라면 그런 과학이나 의학이 당사자나 가족들에게는 무슨 소용이 있겠는가.

친할머니는 아기가 저렇게 된 것이 내 탓이라며 쓰러졌고, 박사학위 논문을 준비 중이던 젊은 엄마는 직장으로 학교로 뛰어다니느라 소홀히 했던 아기에게 미안하고 죄스러워 모든 일 접고 그대로 지극정성을 다하고 있다. 좀 더 민첩하게 대처하지 못한 아빠는 스스로가 원망스러워 가슴을 치며 혼신의 노력을 다하지만 아기는 여전히 요지부동으로 시위를 하듯 온몸을 나무토막처럼 뻗대고 있다. 자식 키우면서 가슴 무너지고 애간장 녹아내리는 순간을 한두 번 겪어보지 않은 부모가 어디 있으랴만 이 모습은 너무도 가엽고 생경스러워 가슴이 미어진다. 진정 우리에게 소중한 것이 무엇이고 어떻게 살아야 하는가, 새삼 생각하게 한다.

싹이 돋아 꽃이 피어나는 봄은 한나절이 다르고 하루가 새롭게 움직인다. 새눈이 텄나 하면 꽃망울을 맺고 꽃이 폈나 하면 지고 만다. 오는지 모르게 왔다가 어느새 가버리는 것이 봄이라는 계절이다. 아기의 병 또한 예고 없이 들이닥쳤으니 가는지 모르게 가버려 한여름 단잠 자고 일어나듯 방그레 깨어났으면 좋겠다. 오래지 않아 어린 손님은 다시 온 집 안을 휘젓고 다니며 절간 같던 집안에 웃음꽃 선사하기를 빈다. 꼭 그렇게 되리라는 간절함이 있다.

2

그 남자의 시

작은엄마

　아파트 모서리에 휘영청 둥근달이 박처럼 걸려 있다. 어릴 때나 나이 들어가는 지금이나 한결 같은 달의 모습에 발걸음을 멈췄다. 영원한 것이 있다면 인간의 손으로 어찌 못하여 훼손되지 않은 자연 그대로의 모습일 터이다. 모처럼 가로수에 기대어 우러르듯 달을 올려다보았다.

　동산에 둥근달이 덩두렷하게 떠오르면 헛간 지붕 위에선 달빛 받은 박들이 하얗게 뒹굴었다. 작은엄마 등에 업혀 달을 바라보다, 박을 쳐다보다 제 흥에 겨워 털썩털썩 마구 몸을 흔들었다. 딴에는 흥이 났나 보다. 무어라 하는 작은엄마 등도 흔들렸다. 생애 최초의 기억이 엄마도 아니고 작은엄마 등일까, 궁금하지만 나중에 꿰맞춘 바로는 내가 서너 살쯤이니 바로 밑에 동생이 태어나 엄마 품에서 밀려나고 작은엄마는 갓 시집와 아직 아이가 없을 때인 것 같다. 친정이 서울인 작은엄마는 첩첩산중인 산골로 시집을 와 시부모, 시아주버니와 동서들 속에서 시집살이가 얼마나 어려웠을까, 이제야 그 마음 헤아리게 된다. 서둘러 저녁을 먹고 나서 어린 조카딸을 업고 앞마당에 나와 서성였을 선한 마음이 달빛처럼 스며든다. 분명 작은엄마는 타고난 성품이 착하고 맑았다. 살아오는 동안 어떤 계기로 흑백사진 같은 이 장면이 떠오르면 마냥 행복했다.

내게 작은엄마는 두 분이다. 한 분은 이태 동안 목화 농사를 지어 혼수이불을 만들어주셨고, 지금 말하고자 하는 분은 막내 삼촌의 부인으로 서울에서 시집오셨기에 서울 작은엄마라고 불렀다. 명절 때면 나와 동생들 설빔을 사오거나 용돈을 주셔서 우리 형제들은 작은엄마를 좋아했다.

초등학교를 졸업하고 중학교 입학을 앞두었을 때 작은엄마가 서울 구경 시켜준다며 데리고 갔다. 장항선 기차를 타고 작은엄마를 따라간 원효로 작은엄마 집은 방이 여러 개이고 집안일 하는 언니도 있었다. 다음 날 아침이었다. "꽃 사세요!" 주택가 골목길에서 꽃장수의 외침이 들려왔다. 처음 듣는 소리에 의아했다. 나보다 한두 살 위인 일하는 언니가 아침밥을 짓다가 꽃장수 아주머니를 불러들였다. 아주머니가 장미, 달리아, 붓꽃 따위가 담뿍 담긴 이고 온 고무다라를 마루에 내려놓았다. 작은엄마가 꽃을 한 묶음 사더니 꽃병에 꽂아 마루에 있는 피아노 위에 올려놓았다. 장미꽃은 흔치 않으니 처음 본 듯싶고 꽃밭이나 들에서 얼마든지 볼 수 있는 꽃을 돈 주고 산다는 것이 어리둥절할 만큼 낯설었으나 집 안은 환했다. 먹고 입는 것이 아니라 눈요기하다 시들면 버리는 꽃을 팔거나 산다는 것이 도무지 신기했다. 작은엄마가 줄기를 어슷하게 잘라 꽂았어도 네댓새가 지나니 과연 꽃송이는 도저히 못 견디겠다는 듯 시들어 쓰레기통으로 들어갔다. 우리 아버지가 보시면 쓸데없는 짓이다 말하기에 딱 맞는 일이었다.

작은엄마는 나를 데리고 명동에 있던 미도파 백화점으로 가서 연둣빛 투피스를 사주었다. 바탕이 자잘한 바둑무늬로 직조된 울 저지 천의 윗옷은 차이나 칼라로 여미고 치마는 에이라인으로 세련되고 편했다. 중학교 입학 선물로 사준 배색 없는 순록의 연둣빛 투피스는 가슴 설레는 기쁨이었다. 신축성 좋은 소재와 상큼한 색깔이 마음에 들어 애착을 가졌으니 마디게 자라던 내가 오래 입었어도 싫증나지 않았다. 작은엄마와 오래 생활한 기억은 없다. 어쩌다 명절 때나 집안에 큰일이 있어 우리 집에 오셔도 하루나 이틀 후면 가셨다.

세월이 흘러 친척 어른의 소개로 선을 보고 결혼을 하였으나 결혼 생활은 살아갈수록 감당할 수 없이 버거웠다. 상대는 자라온 환경과 성격이 나와 판이했다. 이해하고 받아들이기에 나는 어리고 생활은 절망스러웠다. 이건 아니다. 아무리 이건 아니라고 발버둥 쳐도 그의 굳어진 타성은 어쩔 수 없었다. 상대를 이해 못하는 내가 늘 죄인 취급받는 것도 억울했다. 친정어머니는 편찮으시니 목까지 차오르는 울분을 풀어놓을 대상도 없었다. 가뭇없이 사라지고 싶었다. 사람에게는 자신이 노력해서 되는 일이 있고 노력해도 되지 않는 일이 있다는 것을 그때는 몰랐다.

중매는 시댁과 친정을 모두 아는 시고모님이 섰다. 당신 친정 조카를 시댁 조카에게 다리를 놓았다. 어려서나 보아 걔가 그럴 줄 몰랐다는 게 나중에 들은 그분의 변이었다. "네가 너무 용해 터져서 그렇다"

며 나를 탓했다. 사는 게 힘들다 해도 집안의 대소사는 일어나기 마련이다. 양가의 큰일 때는 자연히 시고모님을 만났다. 저만치서 그 분이 보인다 싶으면 나도 모르게 고개가 저절로 돌아갔다. 그분 탓이라면 견딜 수 없는 울분이 목까지 차올라서 시어른인데도 대면하기가 싫었다. 내 태도가 이상하였는지 시고모님은 친정 큰일 때 만난 작은어머니께 말했단다. "아무개 엄마가 나를 만나도 인사도 안 하고 외면하는 것이 아무래도 이상하더라." 시고모님은 작은엄마께는 사촌형님이었다. 그때 작은엄마가 시고모님께 말했단다. "그럴 애가 아닌데 그랬다면 형님 댁이 잘못이에요." 작은엄마가 그렇게 말하더라고 시고모님이 전해주었다.

그 말을 듣는 순간 왈칵 눈물이 터졌다. 답답하고 캄캄하던 머릿속이 환해지는 느낌이 들었다. 나를 알아주는 사람이 있었구나. 작은엄마에게 결혼 생활의 어려움을 하소연하거나 토로한 적은 한 번도 없었다. 어떻게 내 심정을 모두 아는 것처럼 그리 말씀하셨을까. 실로 고마웠다. 숨이라도 쉴 수 있게 위안이 되었다는 말이다.

꽃다발 안고 작은엄마를 찾아뵈어야지, 고맙다는 말씀 꼭 드려야지 생각한 채 세월만 흐르고 있다. 그동안 바깥일 핑계를 댔으나 일 놓고도 여전한 걸 보면 게으름의 소치다. 이런 사연 저런 곡절, 달님만은 알겠구나 싶어 바라보니 달빛 때문인 양 눈앞이 어룽거린다.

그리움의 연줄

언젠가 한번 이야기하리라 생각했다. 내 삶의 간이역 같은 그곳이 보리 톨만 한 문학의 가능성을 싹 틔울 수 있도록 도와준 토양이었으니까. 떠나와서야 문학이 뿌리내리고 꽃피울 수 있는 천혜의 고장임을, 사유의 보고이었음을 깨달을 수 있었다. 그곳을 생각하면 지금도 아련한 그리움 같은 안개와 문학에 대한 열정을 솟아오르게 하던 감청(紺靑) 바다가 출렁거린다.

삼십 대 초반, 남편의 근무지를 따라 삶의 닻을 태안에 내렸다. 그곳은 나무보다 바위가 많아 다소 썰렁해 보이는 백화산 자락에 싸여 있었다. 아침이면 야트막한 산골짜기마다 물안개가 스멀스멀 피어오르며 산 전체로 번져갔다. 몽환적인 안개가 산허리를 감아 흐르면 신령스런 기운마저 들었다. 끊임없이 불어와 몸과 마음까지 들쑤셔놓던

눅눅하고 거센 갯바람과 대비되는 부드러움이었다. 태안 사람들에게서 인간미를 느낄 때면 곧 백화산 물안개를 떠올리곤 하였다. 늘 으슬으슬 한기 도는 생경스런 기후, 겨울이 길어 봄이 없다고 할 만큼 바람 많은 그곳에도 계절은 바뀌고 꽃은 피어났다. 복사꽃, 살구꽃이 고샅마다 화사하고 밭가에는 오동꽃, 찔레꽃이 흐드러졌다. 흡사 축제 마당 같았다.

줄곧 내륙 지방에서 살아온 내게 변화무쌍한 바다는 바라보는 것으로 가슴 두근거리는 신세계였다. 천파만파로 달려와 하얗게 부서지며 자지러지던 파도는 두려움인 동시에 기대감으로 다가왔다. 바닷가에 앉아 심호흡을 하며 망연히 바라보고 있으면 그들이 온몸으로 부르짖는 진실이 있을 것만 같았다.

하늘과 바다를 구분 없이 너울너울 무리지어 날던 천리포의 갈매기들이 왜 그리도 부러웠는지 모른다. 한참을 바라보고 있으면 내 팔도 너울너울 흔들며 날아오를 것 같았다. 너른 가슴 불바다를 이루던 만리포의 낙조 또한 장관이었다. 기껏해야 고층 빌딩 사이로 보이는 홍시만 한 석양빛에 매료되던 푼수로는 서해 바다 노을빛이 아득하고 광활했다. 아름다움은 얼마쯤 슬픈 것인가, 처연한 심정으로 까닭 없이 눈물이 흘렀다. 서해안 끝자락 외진 곳에 근신한 여인처럼 앉아 세월을 수놓던 파도리의 정적은 이대로 저 바다 속에 가만히 잠겨 드는 것도 괜찮겠다 싶게 유혹했다. 주변의 해송 탓이었을까. 주체할 수 없이 넘실거리던 연포의 갈맷빛 물결엔 이름처럼 누군가의 애틋한 사랑이야기 하나쯤 간직하고 있을 듯싶었다.

바닷물이 진흙 갯벌인 듯 저벅저벅 한없이 걸어가고 싶게 꿈쩍도 않

던 몽산포의 적요. 바다를 마주하고 있으면 일상의 번다한 시름쯤 해
풍에 씻기듯 가시고 마침내 너그러움이 자리해 왔다. 풍요로운 인생은
인간관계에서만 유지되는 것이 아니라 자연과의 친화에서도 감성은 농
밀해지고 편안한 사유를 도출해 주었다. 일상을 결박하던 회의와 턱
없이 억울한 기분이 풀리는 것 같았다. 늘 술과 친구와 어울려 밖으로
도는 남편에 대한 못마땅함을 이해하였다고 할까. 어차피 다를 수밖
에 없는 성격과 삶의 방식을 인정하며 상대를 수용하려는 마음의 여백
이 생긴 것도 이 무렵이었다. 이렇게 모두를 받아 안으려는 틈서리에
바다의 거친 광란 같은 몸부림은 삶의 의욕을 불러일으켰다. 활기찬
바다의 야성은 살아 있음으로 무언가 해야 한다는 힘찬 고동소리였
다. 부글부글 괴어올라 흘러넘치는 사유의 범람이었다. 다양한 바다
의 표정을 보면서 가슴에는 투명하리만치 순일한 감정이 고였다.

　그때쯤이었을 게다. 자연스럽게 문학은 다가왔고 문학회가 있다기
에 자청하여 들어갔다. 글을 쓰기 시작하면서 들어간 것이 아니라 입
회해서 글을 쓰기 시작했다. 그러나 감정의 여과 없이 습작 과정 없이
글을 발표한 후에야 쓴다는 일이 얼마나 부끄러운 일인가 알았다. 남
아도는 시간 메우기 위한 소일거리도, 아무나 할 수 있는 만만한 것도
아닌 가슴 절절한 고통이었다. 문학이 외로움의 해소나 위안이 되리라
고는 생각하지 않았지만 자초하여 빠져 들어간 그것은 무모하고 황
당한 만용이었다. 재능 없음을 인정하며 써내야 하는 어려움은 자신
과의 대결이었다.

　절체절명의 사명감이나 명분도 없으면서 스스로를 옭아매던 힘은
무엇이었을까. 수없이 회의하고 절망하며 지새우던 불면의 나날들. 그

때마다 나는 무슨 구원이라도 되는 양 터질 것 같은 심정으로 바다를 찾아갔다.

어느 해 겨울이었다. 해변엔 눈이 정강이까지 빠지게 쌓이고 희끄무레한 하늘에선 눈발이 점점이 쏟아져 내리고 있었다. 맨가슴으로 하염없이 눈을 받아 안으며 겨울 바다는 짐짓 아무렇지 않은 듯 미동도 않은 채 침묵하고 있었다. 태곳적 정적인 듯 사위는 고요했다. 그토록 광란하듯 소용돌이치던 바다는 어디로 갔을까. 천연덕스럽게 침잠해 가는 그를 괴이쩍게 바라보며 내 마음도 묵직하게 가라앉았다. 뒤늦게 시작하는 문학이 일시적 풋 열정이 아니라면 늦은 만큼 남모르는 치열함이 있어야 한다는 다짐과 가슴 시린 깨달음이었다.

여전히 막무가내로 시간을 축내며 쓰는 일이 감당할 수 없는 짐만 같다. 출산의 고통에 시달리자, 다시는 아이를 갖지 않겠다고 맹세한 임부가 다시 배가 불러오듯이 황량한 벌판 같은 원고지를 대하면 사뭇 막막하다. 그러나 더 이상은 나의 능력 밖이다 여겨질 때 충일은 가슴에 차오른다. 노동의 기쁨이랄까, 성취감이랄까. 아마 그것이었는지 모른다, 감동을 주는 글 한 편 쓰지도 못하면서 애물인 양 끌어안고 애면글면 가슴 끓여온 운명줄 같은 것…. 태안은 더 나은 삶에 대한 지향을 꿈꿀 수 있도록 부추긴 소중한 인연이다. 글의 소재가 되던 산, 바다, 안개, 바람…. 그리고 사람까지 마음이 머물러 있는 한 그곳은 끊어지지 않는 그리움의 연줄이다.

"바다 보고 싶지 않아요?"

바다를 핑계 삼아 놀러 오라고 유혹(?)하는 바다보다 더 좋은 친구가 있는 다시 한 번 머무르고 싶은 간이역이다.

화려한 듯 은은하게

단풍이 한창인데 보러 가지 않겠느냐고 친구한테서 전화가 왔다. 멀리 갈 것도 없이 보문산으로 가자고 해 따라 나섰다. 산은 기다렸다는 듯 환한 모습으로 맞이한다. 만 가지 색이 어우러져 자아내는 조화미와 진중한 맛이 시선을 멀리할수록 아름답다. 차마 말할 수 없는 사연 가슴에 묻고 의연히 살아가는 사람을 마주하는 것 같다. 무엇이 그리 바빠서 세월이 오는지 가는지도 모른 채 살아왔을까, 회심이 든다. 산은 중간색 톤의 푼사실로 동양자수를 놓은 듯 차분하다. 바늘땀 촘촘히 수놓은 산수화 병풍 같다. 실을 골라 배색을 하며 정성스럽게 수를 놓던 여학교 때 가사 시간이 불현듯 떠오른다.

"너희들 이거 수를 잘 놓아서 시집갈 때 가지고 가거라."

선생님 말씀에 교실이 떠나갈 듯 까르르 웃던 단발머리 소녀들의 웃음소리가 어제런 듯 새롭다. 시집이라는 말만 나오면 왜 그리 웃음이 나왔는지 터져 나오는 웃음을 도무지 주체할 수 없던 시절이다.

길 양옆으로 갈잎이 수북이 쌓이고 완만하게 경사진 산책로를 따라 오른다. 낙엽을 한 움큼 집으니 일조량에 따라 농담이 달라져 갈색 하나에도 수없이 많은 색이 숨어 있다. 연갈색, 황갈색, 녹갈색, 다갈색, 적갈색, 흑갈색 등 이름 붙일 수 없이 많은 색의 다양함, 오묘함이 있다. 나뭇잎 하나에도 이렇거늘 우리 삶의 모습 무릇 그 얼마이랴. 생김새가 다르듯이 사람살이 또한 천태만상이니 나만 왜 이렇게 살아야 하느냐고 괴로워하지도 말 일이다.

하릴없이 나뭇잎 하나를 코에 대본다. 낙엽을 태우면서 갓 볶아낸 커피 냄새가 난다고 말한 이효석은 후각이 뛰어나고 감각이 섬세한 분일 게다. 그의 이름이 떠오르면 단편소설 「메밀꽃 필 무렵」이 생각난다. 잔잔한 수필 같은 소설, 그 서정적인 분위기가 그렇게 좋을 수가 없다. 섣달 그믐달이 둥실 떠올라 메밀밭은 소금을 뿌려놓은 듯 하얗고 사위는 숨죽인 듯 고요하다. 밤길을 걸어가면서 허 생원이 털어놓는, 성 서방네 아가씨와 방앗간에서의 하룻밤 이야기는 몇 번을 하여도 듣는 이나 하는 이나 싫지 않게 그 밤은 아름답다. 주막에 들었을 때 동이가 왼손잡이인 것을 보고 자신의 아들임을 눈치로 알아채지만 내색 않고 동이를 보살피는 허 생원의 웅숭깊은 마음이 안개처럼 젖어든다. 설명하지 않아도 소리 없이 침윤하는 감동의 수필 하나 써보았으면 좋겠다.

이 가을에 화려함의 극치는 역시 단풍나무이다. 손에 닿을 듯 길가에 서 있는 선홍색 나무가 금방 염료에서 건져낸 듯 손으로 쥐면 빨간

물이 주르륵 쏟아질 듯싶다. 아니 불붙은 듯 활활 타오른다. 더는 견딜 수 없는 정념의 화신이며 꺼질 줄 모르는 불길이다. 단풍나무만 보면 그때가 선연히 떠오른다.

태안에서 살던 어느 해 가을, 아침 미사를 마치고 성당 문을 나서는데 불이 났다. 문밖이 환하니 무언가 활활 타고 있었다. 깜짝 놀라 어떻게든 해야 하는데 말이 나오지 않고 발도 떨어지지 않았다. 이 일을 어쩌나! 발을 동동거리며 애만 태웠다. 그때 무언가 획, 지나가는 것 같았다. 그러자 불길은 온 데 간 데 없어지고 아침 햇살을 받으며 단풍나무 한 그루 함초롬히 서 있었다. 싸늘한 공기 속에서 붉은 단풍나무가 처연했다. 순간 눈을 감았다 떴다. 수문장처럼 서 있는 빨간 단풍나무가 여느 단풍나무와 다를 바 없었다. 왜 그랬을까, 이 착시 현상이 오래도록 마음에 남아 신비스러웠다. 해마다 가을이 오고 단풍나무가 빨갛게 물이 들어도 두 번 다시 그런 경이로운 일은 일어나지 않았다. 그 때의 기억이 되살아나면 신비감에 빠지곤 했다.

비교적 한산한 산책길에서 데이트하는 젊은이들의 모습이 보기 좋다. 시내 어느 커피숍에서 맞선이라도 보고 나왔는지 성장을 한 모습이 정겨워 그대로 숲의 분위기와 잘 어울린다. 마음을 터놓고 솔직한 대화를 나누기 바란다면 폐쇄된 공간보다는 이런 곳이 훨씬 제격일 것이다. 둘의 표정이 밝은 것을 보니 또다시 만나자고 약속할 것 같다.

한차례 지나가는 바람 소리에 제자리 찾지 못한 갈잎 사각거리고 심호흡을 하니 삽상한 바람에 기분이 한결 쇄락해진다. 자연은 한결같은 모습으로 반겨주기에 꽃이 피는지 잎이 지는지 모르고 허둥거리며 살아온 자신을 되돌아본다. 자연 앞에 서면 생각이 깊어지고 자연을 통해 자신을 바라보게 된다. 나와 연계된 이웃을 생각한다.

며칠 전, 그동안 소원했던 친구에게 전화를 걸었다. "어떻게 지내니?" 물었더니, "나 그냥 살아. 살아지니까 살아." 아무런 힘도 없이 대답한다. 그 한마디에 얼마나 많은 의미가 함축되어 있는지 다른 사람은 모를 것이다. 주위를 둘러보면 사십 중반의 나이에 마음 써야 할 곳과 요구하는 것은 얼마나 많은가. 시도 때도 없이 치미는 삶의 허무감이나 갈수록 나아질 것도 없는 가정 경제며 시댁과의 문제와 아이들 진학에 대한 걱정과 서로 아집만 강해져서 부딪히는 부부의 불협화음으로 늘 힘든 것이다. 살아지는 대로 살아간다는 말이 돌덩이처럼 다가오는 것은 바로 내 삶의 모습이기 때문이다.

산허리를 잘라 만든 산책길이 걷기에 좋아 정상으로 오르지 않고 완만한 길을 따라 걷는다. 굳이 정상을 향하여 오르려고 기를 쓸 필요 없다고 생각하다 지금 내 생활 자세 같아 쿡 웃음이 나온다. 앞으로 어떻게 살겠노라는 다짐도, 내일이 더 나으리라는 기대도 않겠다. 삶이 내가 마음먹은 대로 되어주는 그리 만만한 것도 아니기에 주어진 오늘의 삶에 충실하고자 한다. 청년 광장 쪽으로 발길을 돌리며 아래쪽을 둘러보니 산은 여전히 화려한 듯 은은하게 가을을 수놓고 있다.

탱자꽃

뉘엿뉘엿 땅거미가 지는 저녁, 비껴드는 가로등 불빛을 받으며 동글 동글한 탱자 꽃봉오리가 급한 발길을 잡는다. 눈송이 담뿍담뿍 얹어놓은 듯 하얀 봉지 모양의 오각형 봉오리들이 다닥다닥 매달려 꽃구름을 이뤘다. 하얀 종이 뭉쳐놓은 것 같은 목련꽃과도, 배꽃과도 다른 조촐한 분위기라 할까. 풍만도, 빼어난 자태도 아닌 정결함이 오롯하게 스며 있는 해사한 얼굴의 젊은 여인처럼 소박한 모습이 눈길을 끈다.

터질 듯 봉긋한 봉오리 모양으로만 본다면 가을볕에 다소곳이 서 있는 도라지 꽃봉오리와 같으나 탱자꽃은 갈래꽃이고 도라지꽃은 통꽃이니 꽃 모양은 확연히 다르다. 건드리지도, 얼씬도 하지 말라는 듯 투창처럼 뻗친 초록가시 사이로 하얀 꽃잎 다섯 개가 봉긋 어린아이

하품하듯 갈라지며 피어나는 갈래꽃이 청순하기 그지없다. 갸름한 잎사귀가 또렷이 달린 걸 보면 가시라 하여 잎의 변형은 아닐 터이니 가시는 꽃과 열매를 보호하기 위한 생존 수단일시 분명하다.

생명력이 솟구치는 봄꽃의 에너지 때문일까, 시각으로 전해지는 순백의 아름다움이 세파에 찌든 마음을 위로하듯 어루만지며 순화시킨다. 향기 또한 날 듯 말 듯 미미하기 짝이 없는 신선한 전이가 차분하게 한다. 마음을 빼앗겼어도 온전히 차지할 수 없고 이토록 좋으니 어쩌면 좋아요, 한숨지으며 돌아서는 누군가의 혼자 사랑처럼 보는 이를 아련하고 애틋하게 할 뿐 탱자꽃은 의연하고 조촐한 모습으로 골목 모퉁이를 지키고 있다. 길 가다 우연히 정다운 사람 만나서 이야기 나누듯 언제 또 다시 볼 수 있으랴, 아쉬운 마음에 담벼락에 기대어 올려다보았다.

쓰고 떫으니 먹을 수 없고 향 또한 짙어 방향제로도 마땅찮아 환영받지 못한 것이 탱자 열매였다. 그래서 예전에는 할 일 없이 뒹굴뒹굴 노는 사람에게 쓸모없고 하찮다는 비유로 '탱자탱자한다' 하였고, 겉은 그럴듯하나 실속 없는 것을 보고 '바람 바른 데 탱자 열매 같다' 하였다만 탱자의 전신이 이렇듯 아름다운 꽃이라면 이런 비하의 말은 아무래도 너무했다는 생각이 든다. 더구나 가을의 탱자나무는 아기 주먹만 한 동글동글하고 노란 열매를 등불처럼 매달고 과수원 울타리를 지키던 파수꾼이 아니었던가. 억세고 시퍼런 탱자나무 가시를 보면 근처에 누가 감히 얼씬하였으랴만, 천덕꾸러기 취급하던 열매 또한 더욱 정겹게 느껴지는 것은 꽃으로 말미암은 탱자의 재발견이라 할 수 있다. 너도나도 건강이 최고라며 몸에 좋다면 물불 안 가리고 찾는 일이

요즘 세태라, 탱자 효소 또한 차로 마시거나 약용으로 쓴다. 하지만 맛이 유달리 쓴 것만은 사실이니 아무래도 호불호가 분명한 기호 식품으로 분류하는 것이 마땅할 터이다.

그러나 다분히 주관적이라 할지라도 우리가 세상을 살아가는 목적이 아름다움을 발견하는 일이라면, 육십 번도 넘게 봄을 지나온 생애 동안 흔하다면 흔한 탱자꽃을 처음 보았다는 것도 신기하고, 아직도 내가 보지 못하고 깨닫지 못하는 것이 세상에는 얼마나 많은지 새삼스러워진다. 책을 읽으며 배우는 것은 차치하고라도 봄이면 해마다 피고 지는 꽃 한 송이도 이럴진대 풀이름이며 나무 생김새, 곤충의 태생과 서식처 등, 인간사 무릇 얼마나 많겠는가 싶어 부끄럽다. 그러면서 새삼 주변의 자연과 사물에 새록새록 호기심이 동하는 것이다.

자연은 위대한 교과서라는 글을 읽은 적이 있다. 그렇다면 자라는 아이들을 자연 속에서 키워야 한다는 말은 지당한 말이다. 일부러 가르치지 않아도 해 지면 달이 뜨고 봄이 오면 꽃이 피고 가을이면 낙엽 지는 이치를, 스스로 터득하여 깨닫는 것이 책에서 배우는 것보다 폭이 넓고 유익하다는 뜻이다. 동물이나 곤충들의 성장 과정이나 생태를 보면서 자연의 이치뿐만이 아니라 정신이 풍요로운 인간으로 자라나 인간관계를 자연스럽게 풀어간다는 것이다. 젖먹이 아기도 이렇게 하라 저렇게 하라 가르치지 않아도, 때 되면 뒤집기를 하고 틈만 나면 바닥에 엎드려 머리를 박으며 균형을 잡다가 기어이 기기 시작한다. 아무거나 의지하여 잡고 일어서다 발걸음 떼는 것을 보면 정작 우리가 아기에게 가르치는 것은 아무것도 없다. 단지 애정으로 먹이고 입히며 진자리 마른자리 갈아주면서 성장을 도와줄 뿐이다. 모든 생명체는 자생능력이 있어 스스로 성장한다. 아기도 주위 환경으로부터 오감을 자극받아 새로운 몸짓이나 동작을 하면서 부단한 노력으로 알게 모르게 지혜가 생기고 영육이 함께 자라는 것이다.

요즘 의식 있는 젊은 부부들이 농촌으로 들어가 자연 속에서 아이들을 양육하는 것을 보면 바람직한 현상으로 여겨지고 부럽기까지 하다. 하루가 다르게 변하는 세태 속에서 물리적인 불편 또한 만만치 않음을 알면서도 자연보다 더한 스승이 없다는 것을 깨닫고 결행하였기 때문이다. 호기심 많은 유소년기에는 누구라도 생동감 있는 자연 속에서 보내는 것이 정신 바탕을 건강하게 하여 좋다. 삶의 양식이 복잡하고 다양한 현대사회에서 자연을 이웃하여 단순 소박하게 살 것인가, 도회지에서 많은 사람과 부대끼며 정신없이 바쁘게 살 것인가는 개인의 현실적인 여건과 취향, 의식구조에 따른 선택에 있을 것이다.

천상병 시인은 이 세상을 하직하면서 그동안 세상에 소풍 나와 즐거웠노라 노래하였으나 난 어려서 저녁 먹으라고 부르는 엄마 소리도 듣지 못한 채 소꿉놀이에 열중하였듯 나도 모르게 피어나는 순정한 탱자꽃 한 송이가 신기하여 발걸음 멈추고 정신줄을 놓고 있다. 아직도 새롭고 아름다운 것이 많은 항아리 속 같은 세상이 궁금해 두근두근 가슴 설레고 있다.

점(點)

오랜만에 만난 친구가 다짜고짜 얼굴에 있는 점을 빼라고 한다. 그
것만 없으면 깔끔할 텐데 요즘 세상에 아직도 그러고 있느냐며 답답
해한다. 깨알 같은 점이 만발한 것도 아니고 시쳇말로 그걸 빼서 당장
피부 미인이 된다 해도 전혀 그럴 마음이 없어 귓등으로 흘렸다. 거뭇
하게 돋아난 얼굴의 점이야 어쩔 수 없는 일이니 오늘은 많아서 좋고
보아서 흐뭇한 점 이야기나 해야겠다.

우리 집 냉장고에는 신용카드 크기의 자석 그림이 붙어 있다. 빤히
바라보는 커다란 눈동자에 경계심이 서린 듯 무슨 말인가 할 듯 말 듯
복합적인 느낌을 갖게 하는 소녀 얼굴이다. 수없이 많은 점을 연필 혹
은 펜으로 콕콕 찍어서 눈동자며 입술, 속눈썹을 섬세하게 표현하고
점의 수를 가감하여 머리카락의 명암까지 감쪽같이 살려냈다. 앳된 얼

굴에서 풍기는 예사롭지 않은 표정이 기억에 남았는지 기념품 가게에 들렀을 때 제일 먼저 눈에 들어왔다.

이것은 스페인 점묘화가 파블로 후라도 루이즈(Pablo Jurado Ruiz)의 작품이다. 사람 얼굴뿐만 아니라 사물이나 풍경을 모두 점으로 묘사하는 것은 그의 독특한 표현 기법일지라도 연필의 정교한 터치는 고도의 수련을 요할 터이다. 유년의 기억과 체험들이 모티프가 되었다는 '유목민' 시리즈는 너무도 사실적이었다. 머리에 칭칭 휘감은 피륙이나 몸에 주렁주렁 매단 가재도구와 옷가지는 피난민의 행색으로, 핍진한 삶의 모습이 여지없이 드러났다. 한곳에 머물지 못하고 떠돌아야하는 유랑의 신산함이 아이들이라 하여 예외일까마는 우수에 잠긴 표정은 예사롭지 않았다. 시리즈의 제목을 알고 나서야 무심히 지나칠 뻔하던 소녀 표정의 의문이 수수께끼처럼 풀렸다.

하이퍼리얼리즘(Hyperrealism, 극사실주의) 특별전이 대전시립미술관에서 열렸다. 이것은 1960년대 후반부터 뉴욕과 독일 등 유럽 각지에서 일어난 현대미술의 새로운 사조이다. 현실을 보이는 대로 냉정하게 바라보거나 그대로 찍은 실물이나 사진을 매개로 하여 다시 극사실로 묘사함으로 현실 이상의 의미를 보여준다. 이러한 맥락에서 '리얼리즘 이상의 리얼리즘' 혹은 '슈퍼리얼리즘'이라고 통칭하는데 전 세계에서 가장 영향력 있는 작가 열다섯 명의 작품을 한 자리에 모아놓았다.

이러한 사조에 근거하여 사물이나 인체를 화폭에 그리기도 하였으나 형체 혹은 인체를 실제 모습과 똑같이 만들어 전시했다. 피부색은 그렇다 하더라도 인체 모형에 머리칼을 붙이고 옷을 입혀 실물 크기로 세우거나 공중에 매달아놓은 것은 너무 실물과 같아서 전율케 했다.

아기를 안은 할머니나 엎어져 웅크린 아기들의 모습은 그대로 실체를 재현한 듯싶었다.

언젠가 서울 한가람미술관에서 〈매그넘 코리아〉 사진전을 보았다. 현재 일어나는 일, 보이는 사실 그대로 사진으로 찍었기에 우리의 모습이 가감 없이 그대로 드러났다. 놀이공원에서 노는 모습, 도발적인 여학생들의 옷차림, 교회나 절에서 흔히 볼 수 있는 움직임을 매그넘 소속 작가들이 그대로 찍었기에 부끄럽기도 우습기도 하였으나, 실상 지금 우리의 시대상이었다. 슈퍼리얼리즘은 바로 이런 모습을 사진으로 찍어 다시 회화, 조각으로 재생산함으로써 하나의 미술 사조를 이룬 것이다. 비치볼을 들고 수영장에서 나오는 사람 몸에 매달린 싱그러운 물방울이 곧 떨어지려는 찰나를 사진으로 찍어 감쪽같이 다시 조각 작품으로 환치시킨 점은 신선하고 생동감이 넘쳤다. 지하철을 타려고 줄지어 서 있는 사람들의 다양한 모습이 사진을 복사한 듯 똑같았으나 그림이라고 설명하지 않으면 알 수 없었다.

기존의 질서와 양식을 뛰어넘으려는 새로운 사조는 창의적인 예술가에 의해 끊임없이 생겨나기 마련이고 그것을 지향하는 작가들은 밤낮 없이 혼신의 힘을 쏟을 것이다. 고도의 집중력을 요하는 점묘화는 하릴없이 종지부 아닌 점을 연거푸 찍어야 하는 시간과의 싸움이요, 지구력의 시험이라 할 수 있다. 보는 이에 따라 해석과 느낌이 다르다 해도 고의든 아니든 소녀의 우수 어린 얼굴은 각성을 재우치는 사회고발성 작품 같았다. 내 평범한 일상은 누군가의 고난과 절박함으로부터 비롯되었을지 모른다는 세계주의에서 발로한 깨달음이며 성찰인지 모른다. 관성에 의해서 혹은 가속도에 따라서 자신의 처지로 어쩌지 못하는 경우가 있는데 이 작가도 히말라야를 향하여 한 발 한 발 내딛는 등산가의 심정으로, 정신 수련에 정진하는 수도승처럼, 밤하늘에 별이 돋아나듯 화폭에 점을 찍어나가고 있는지 모른다.

지극함이 사무치면 이런 그림을 그리는 것일까. 뜻밖에도 깃발 들고 외치는 구호가 아니라 소리 없는 함성이 저돌적으로 육박해왔다. 감성에 호소하며 연민을 불러오는 수단이며 장치라하더라도 그건 작품의 운명이며 작가의 숙명일 터이다. 어려서부터 손에 연필이나 크레파스, 매직펜 따위를 쥐기만 하면 점을 찍으며 놀았다는 그가 점묘화의 정점에 올랐으나 더욱 훌륭하게 보이는 것은 힘없고 약한 사람들을 대변하고 있기 때문일 것이다. 보일 듯 말듯 희미한 점을 그토록 많이 찍어놓음으로써 유랑인의 고난을 웅변 이상으로 외치고 있다.

세상의 모든 생명체와 사물은 점으로부터 비롯되었으며 점으로 존재한다. 점이 이어져 선을 이루고 선이 이어져 모양과 형체를 이룬다. 미미한 겨자씨는 물론 천체 안에서 가장 커다란 태양이 그렇다. 크고 작거나 선과 후의 차이는 있을지언정 만물이 점으로 이어졌다는 것은 무엇이 되었든 경탄과 경외의 대상인 것이다. 사람 마음을 움직이는 일이 감동이라 한다면 누구에게 무슨 점으로 감동을 줄 것인가. 시나브로 생긴 얼굴의 점이 벼슬이 아니듯 부끄러운 일도 아닐지니 60여 년 세월의 흔적이라면 기꺼운 일, 점이 점으로만 보이지 않는 까닭이다.

별과 함께

갑자기 추워진 날씨에 앞을 분간할 수 없을 정도로 눈발이 난분분하게 쏟아진다. 그 모습은 천체 사진가가 망원경으로 확대하여 찍은 별 사진 같았다. 캄캄한 하늘에 펼쳐진 수많은 별이 휘몰아치는 눈송이만큼이나 밀도가 조밀했다. 맑은 날 밤하늘에 쏟아질 듯 반짝이던 별무리도 눈으로 볼 수 있는 것은 극히 일부분이며 우주에는 이렇게 많은 별이 존재한다는 사실에 순간, 아찔했다. 눈에 보이지 않는다고 없었던 것이 아니라 우리가 보지 못했을 뿐 푸른 행성인 지구와 별, 붙박이별이라는 항성과 항성 사이에 수천 광년의 거리를 두고 별은 예나 지금이나 여일하게 총총히 빛나고 있었다.

그대는 천체 사이의 거리를 재는 단위, '광년'이라는 말을 아는가. 광년은 초속 30만 킬로미터 빛의 속도로 일 년 동안에 다다르는 거리이며 1광년은 9조 4670억 킬로미터라고 한다. 하늘에는 지상에서 휘몰아치는 눈보라만큼이나 촘촘한 별과 성단, 은하(銀河)가 셀 수 없이 많다니 도대체 우주는 얼마나 깊고 광활한 것인가. 밀도가 촘촘하다는 것도 실은 거리상으로 그리 보이는 것일 뿐이니 식견이 좁은 머리로는 상상조차 되지 않아 불가사의한 일이다. 우주의 무한무량함에 정신만 아득해지고 차마 입에 올리기조차 불경스러워 묵언수행하는 수도승처럼 차라리 입을 다물 수밖에 없는 것이다.

오랜만에 만난 고향 친구가 동생이 낸 책이라며 『별빛 방랑』이라는 별 사진집을 주었다. 동생 취미가 하늘의 별보기라는 이야기를 이미 들어 알고 있었으나 책으로 엮은 것은 처음 보았다. 어릴 적 시골 큰집에 갔다가 여름밤, 멍석 깔린 마당에 누워 밤하늘의 별을 바라보며 우주를 동경하고 별 바라기 꿈을 키웠다는 그는 망원경으로 밤하늘을 보고 즐기다가 본격적으로 장비를 갖추어 우리나라는 물론 외국의 별 관측 기지를 찾아다니며 한국인 최초로 핼리 혜성을 촬영했다. 카메라에 망원경을 부착한 특수 카메라와 전문 장비를 갖춘 다음 별 보기에 자연조건이 좋은 몽골이나 중국, 서호주, 러시아에서 별들을 관측하고 빛을 내는 별무리와 오로라를 시시각각으로 촬영했다.

천체에는 해와 달을 제외하고 빛을 내는 것이 별이라는데 발광체에도 탄생과 죽음이 있고 젊은 별은 푸른색이고 늙은 별은 주황색이나 붉은색이라는 것도, 또한 별에는 저마다 고유의 빛깔이 있다는 것도 흥미로웠다. 갓 태어난 별이 내뿜는 에너지는 엄청나며 한곳에 정착한 북극성 같은 붙박이별이 있는 반면 떠돌아다니며 빛을 내는 떠돌이별이 있다는 사실도 인간사와 별반 다르지 않았다. 야생화의 모습을 보고 이름을 붙이듯이 별무리인 성운에도 색깔이나 생김새를 보고 붓꽃, 장미, 말머리, 베일, 올빼미, 크리스마스트리 따위로 성운을 명명한 것도 재미있었다. 이런 성운을 찍은 배경에도 예의 눈송이 같은 별들이 분필로 콕콕 찍어 놓은 듯 녹아내린 초물을 비단에 흩뿌려 염색을 한 듯 하얗게 점점이 박혀 있었다. 그런 하얀 점을 바탕으로 노랑과 보라색 물감이 흐르듯 펼쳐진 베일 성운은 한 폭의 추상화 같았다. 우리가 눈으로 보지 못하고 알지 못해서 그렇지 밤하늘에 이렇게 아름다운 장관이 연출되고 있다는 사실은 놀라웠다. 지은이는 이제껏 본 적 없는 대상을 발견하고 처음으로 찍을 때는 사랑하는 사람을 기다리는 설렘과 같다면서 혼자 보기 아까워 이런 별무리의 모습을 사진으로 남긴다고 했다.

언젠가 친구 따라 충남 아산시 송악면에 있는 그의 동생 시골집에 갔다. 그곳에는 광덕산을 뒤로하고 논벌이 펼쳐진 한가운데 '호빔' 개인 천문대가 있었다. 친구가 스위치를 누르자 중년 신사 베레모를 벗듯 자동으로 지붕이 스르르 벗겨졌다. 맑은 날이면 밤하늘의 별을 마음껏 볼 수 있다지만 그날은 아쉽게도 날씨가 흐렸다. 거실에는 어린아이 몸통만 한 굵기의 망원경이 버티고 있어 렌즈에 눈을 대보았으나 별자리는 찾지 못했다. 스위치 하나에 육중한 지붕이 자동으로 열리던 것이 신기해 두리번거리는데 남쪽에서 불어오던 봄바람이 감미로워 올려다본 서쪽 하늘에선 샛별이 반짝였다. 어둠이 눈에 익자 하나, 둘씩 시야에 별이 들어오면서 자연스레 윤동주의 「별 헤는 밤」이 떠올랐다.

별 하나에 추억과/ 별 하나에 사랑과/ 별 하나에 쓸쓸함과/ 별 하나에 동경과/ 별 하나에 시와/ 별 하나에 어머니, 어머니…// 소학교 때 책상을 같이 했던 아이들의 이름과 패(佩), 경(鏡), 옥(玉) 이런 이국 소녀들의 이름과/ 벌써 애기 어머니 된 계집애들의 이름과/ 가난한 이웃사람들의 이름과

남다른 감성을 지닌 시인은 별을 바라보며 떠나온 고향과 북간도의 어머니를 생각하고 별 하나하나마다 그리운 이름을 붙여 불렀다. 시인에게 별은 그리움이며 눈물이고 사랑이었다. 그가 별을 수호한 것이 아니라 별이 그를 지켜 주었기에 이런 불멸의 시를 남기고 타향에서의 외로움을 이겨냈는지 모른다.

같은 대상을 놓고 어떤 젊은이는 시어를 찾아 아름다움을 노래하고 진취적인 어떤 젊은이는 별을 앞으로 끌어당겨 눈으로 확인하며 아름다움의 실체를 파노라마처럼 펼쳐놓았다. 누가 더 훌륭하다는 것이 아니라 나와 생각과 취향이 다른 그대가 있어 내가 수고하지 않아도 모르던 것을 알 수 있고 향유할 수 있으니 고맙다는 말이다.

모든 반짝이는 것을 통칭하여 별이라 한다면 귀부인의 섬섬옥수에 낀 다이아몬드가 반짝이듯 어린아이의 초롱초롱한 눈빛과 소년, 소녀들이 자라면서 보여주는 번뜩이는 재주와 총명, 노인의 지혜가 그럴 것이다. 우리가 죽어 하늘의 별로 떠서 사랑하는 사람을 지켜주는 전설의 별이 아니라 지금 내 옆에서 환한 웃음을 주며 눈동자 반짝이는 성체(星體)인 것이다. 아마추어 천문가인 그는 단순한 별지기가 아니라 우리를 별천지로 안내하는 길라잡이요, 찬연히 빛나는 살별이다.

복숭아 모양 잔

복숭아를 반으로 잘라 속을 파낸 것처럼 얄따랗게 빚어 유약을 바른 듯 은은한 빛깔이 청아하다. 푸른빛이 스민 청백자 잔이 해사한 여인의 얼굴처럼 뽀얗고 깔밋하여 다시 돌아보았다. 솜씨 좋은 아낙네가 날렵하게 뽑아낸 저고리 앞섶 코처럼 단아하고 꼭지에 붙은 두 개의 잎사귀가 천연하여 잔이 더욱 돋보인다. 손 안으로 쏙 들어올 앙증맞은 모양은 찻잔인지 술잔인지 알 수 없어 그냥 잔이라 하였는지 모르겠으나 무엇으로 사용해도 무방할 듯싶다. 귀인성스런 빛깔과 자태가 탐나리만큼 매혹적이니 실용의 의미보다는 완상의 용도가 제격이겠다.

서울 국립중앙박물관에서 발굴 40주년 기념으로 '신안해저선에서 찾아낸 것들' 특별전이 열렸다. 마침 찾아간 날은 마지막 주 수요일로 문화의 날이라 입장료가 반값이고 관람시간도 오후 9시까지여서 시간 여유가 있었다. 그래 그런지 퇴근하고 찾아온 연인이나 젊은 직장인들이 무리지어 관람하는 모습은 부럽고 보기 좋았다.

1975년, 전남 신안 중도 앞바다에서 고기잡이하던 어부의 그물에 청자화병과 도자기가 걸려 올라왔다. 그가 문화재청에 신고함으로써 652년 동안 바다 속에 묻혀 있던 해저선이 세상에 알려지고 이듬해 10월 27일부터 1984년까지 9년여 동안 열한 차례에 걸쳐 발굴 작업이 이어졌다. 동전, 자단목, 칠기, 금속품 따위를 차곡차곡 상자에 담고 사이사이에 모래를 넣었는데 그동안 배가 진흙 속에 박혀 있었기에 물품들이 훼손되지 않고 온전할 수 있었다. 발굴 모습을 몇 차례 텔레비전에서 보도하였는데 이번에는 발굴한 유물을 모두 한 자리에 모아 놓았다.

아! 해설사의 설명을 들으며 다음 전시실로 건너간 관람객들은 진열장에 도열해 있는 엄청난 양의 전시품에 놀라 자신도 모르게 탄성이 터져 나왔다. 1323년 6월, 2만 4천여 점이라는 엄청난 양의 물건을 싣고 중국 경원(慶元)항을 출발하여 일본 하카타 항으로 가던 중 풍랑을 만나 침몰한 이 무역선은 최대 길이가 약 34미터이며 중량 200톤급 이상으로 14세기 최대 무역선 중 하나이고 탑승자는 60명 정도로 추정하고 있다. 바람에 의지하여 항해하는 배인지라 몇 날 며칠 동안 배 안에서 지내야 하니 음식을 만들어 먹던 조리 기구며 향신료와 일본 선원들의 생활용품과 무료한 시간을 달래던 장기, 바둑돌도 전시되었다. 이곳에는 특히 청자, 백자, 청백자, 흑자기 꽃병 따위의 진귀한 것이 많았는데 빛깔도 빛깔이려니와 다양한 모양과 문양이 이채로웠다.

치맛주름처럼 가지런한 주름무늬 항아리의 자태가 조촐했다. 커다란 항아리를 무늬 없이 빚은 다음 연잎의 유연한 굴곡을 그대로 본떠 얄팍하고 날렵하게 빚은 연잎 모양 뚜껑을 덮어놓은 것은 무딘 눈으로 보아도 조형미가 빼어났다. 붓으로 쿡쿡 되는 대로 찍어 무늬 놓은 '귀때 발'은 녹두 빛깔의 우아한 자태가 비할 데 없이 아름다웠다. 연두도, 녹색도 아닌 녹두 빛이 은은하고 은근하여 고졸한 우아미가 있었다. 수 세기 전의 유물이라기엔 믿기지 않을 만큼 문양이 현대적이며 섬세하고 유려했다.

'신안해저선에 담긴 문화기호 읽기'는 동아시아에서 유행하던 중국 취향과 일본 상류층이 선호하던 차 마시기, 향불 피우기, 꽃을 꽂아 완상하기 따위의 문화생활을 살펴보는 기회였다. 우리나라 고려시대의 비슷한 문화에 대해서도 알아본다며 당시의 유물들을 함께 전시했다. 이 복숭아 모양 잔도 13세기 후반 원나라의 경덕진요(景德鎭窯)에서 만든 것으로 유물선에서 나온 청백자 그릇과 동시대 것이다. 유물 하나하나에 서린 예스럽고 소박한 맛은 새로운 정취였다.

전시장 한편에서는 몇 개의 유물에 레이저를 사용하여 이야기를 만들어냈다. 접시에 그려진 물고기가 튀어나와 헤엄치고 국화 무늬 접시에서 소담스런 국화꽃이 송이송이 피어났다. 분홍빛 나뭇잎 두 개가 그려진 '시가 있는 접시'에서는 "흐르는 물은 어찌 이리 급한고/ 깊은 궁궐은 종일토록 한가한데"라는 당나라 때 궁녀가 지었다는 시의 전반부 구절이 화면에 나타났다. "은근한 마음 붉은 잎에 실어 보내니/ 인간 세상으로 쉬이 흘러가기를"이라고 후반부가 쓰인 접시는 발견되지 않았다는데 빛과 접목시킨 유물은 아름다움을 극대화하여 볼 만했다. 자신의 내밀한 심정을 종이에 적든, 벽에 그림으로 남기든, 청백자 접시에 담아내든 훼손되지 않으면 이렇듯 후세까지 전해지는 것이 문학이고 예술이다. 기록하지 않으면 뉘라서 그 마음 알 수 있겠는가.

다시 한 번 전시장을 둘러보았으나 아쉬움이 남아 복숭아 모양 잔과 마주했다. 모름지기 물상과도 마음이 닿으면 인연이라 할 것이다. 우연히 마주친 아리잠직한 산골 처자의 모습이 뇌리에 남아 잊히지 않듯 청초한 청백자 잔이 설레게 한다. 수 세기 전, 도공의 탁월한 솜씨가 나라와 시대를 초월하여 보는 이의 심미안을 흔들어놓는다. 청신한 여름 숲에 든 듯, 깔끔한 시 한 편 읽고 난 듯 청량해진다. 실팍진 솜씨로 빚어놓은 청백자 잔 한 쌍이 고마워 가만가만 쓰다듬듯, 경배하듯 바라보았다.

먼 곳

광야를 헤매던 남루한 차림새의 주인공이 주막으로 들어섰다. 자리에 앉으며 먹을 것을 청하자, 의아한 눈길로 위아래를 훑어보던 주인은 손님의 가운뎃손가락에 낀 반지를 발견하고 호민관이냐고 묻는다. 주인공이 그렇다고 대답하며 물끄러미 반지를 바라보면서 감회에 서린 듯 그동안의 일을 회상한다. 호민관은 고대 로마시대의 군인이며 시민들을 위해 일하던 관리였다.

전쟁터에서 가차 없이 사람을 죽이고 공훈을 세워 총독의 신뢰를 받던 그는 무서울 것도, 거리낄 것도 없는 로마군 장교 클라비우스였다. 예수를 시기한 수석 사제들과 원로들, 열화와 같았던 군중들 때문에 사형선고를 내린 총독의 명령으로 그는 예수를 십자가에 못 박았다. 오직 명령에 의해서 움직이는 철저한 군인이기에 죄의식은 없었다.

낮 열두 시가 되자, 갑자기 먹구름이 몰려오고 사위가 캄캄해지더니 비바람이 몰아쳤다. 주위에 몰려 있던 사람들은 예상치 못한 날씨와 불길한 예감으로 두려움에 떨며 사방으로 흩어졌다. 죄목을 찾지 못한 채 군중들에게 떠밀리다시피 예수를 처형한 총독은 부하 호민관에게 시신을 잘 지키라며 자리를 떠났다. 털썩, 예수를 못 박은 십자가가 쓰러지고 시신을 수습한 다음 마침 빈 돌무덤이 있어 주검을 안치한 그는, 병사들을 시켜 커다란 돌로 입구를 막고 붉은 도장으로 봉인하여 두 명의 병사에게 잘 지킬 것을 명령했다. 밤이 깊어갈수록 지루하고 심심하던 병사들은 감추어두었던 술을 나누어 마시다가 취하여 잠이 들었다.

이튿날 예수의 시신은 감쪽같이 없어졌다. 호민관이 놀라 달려왔을 때, 무덤을 지키던 병사들은 이미 혼비백산하여 달아났고 그토록 견고하게 봉인하였던 돌은 무덤 입구에서 나뒹굴었다. 시신을 찾으려고 백방으로 애썼으나 어디서도 찾을 수 없었다. 다만 달아났던 병사에게서 눈부시게 흰 광채를 띤 빛과 함께 예수가 부활하였다는 말을 듣고 반신반의하며 의혹에 휩싸였다. 열흘 후면 로마에서 황제가 올 것이니 시신을 빨리 찾아야 한다며 총독은 불호령으로 호민관을 다그치며 재촉했다.

예수와 그 일행이 있다는 말을 듣고 찾아간 호민관은 분명 자신이 십자가에 못 박아 죽인 예수를 발견한 순간 기절할 듯 놀랐다. 말없이 지켜보다가 따뜻하고 부드러운 예수의 일거수일투족에 끌려 자신도 모르게 그들을 따라나섰다. 보잘 것 없는 행색이었으나 언행에서 풍기는 품위와 엄숙한 분위기는 상대를 압도했다. 일찍이 체험하지 못했던 평화와 안도, 차마 발설할 수 없는 존경과 숭배가 자연스럽게 우러나왔다. 제자들에게 물 위를 걸어오라 이르고, 나병 환자를 안아 일으켜 병을 씻은 듯이 낫게 하고, 밤새 물고기 한 마리 잡지 못한 어부들에게 오른쪽으로 그물을 던지라고 일러주자 그물이 찢어질 듯 물고기가 잡히는 것을 보면서도 긴가민가하여 믿을 수 없었다. 출세를 위해서는 사람 목숨을 파리 목숨만치 가볍게 여기며 남의 처지나 안위 따위에는 관심조차 없었던 젊은 장교의 정신에 혼란이 왔다. 짐짓 무섭고 두려웠다.

영화 〈부활〉은 예수님이 돌아가시고 삼일 만에 부활한 그간의 일을 성경 말씀을 근거로 로마군인 호민관의 시각에서 그렸다. 지금까지 자신이 살아온 세상과는 다른, 천지가 요동칠 만큼 새로운 세계를 접한 젊은 장교의 놀라운 심리 변화를 차분하게 스크린에서 재조명했다. 십자가를 지고 골고다 언덕으로 끌려가며 로마군인과 군중으로부터 온갖 모욕과 핍박을 받던, 채찍질로 피투성이가 된 예수의 모습을 차마 눈뜨고 볼 수 없을 지경으로 참혹하던 영화, 〈패션 오브 크라이스트〉의 제작진이 관점을 달리하여 만든 것이다.

성경 내용을 바탕으로 영화나 음악을 만들거나 그림을 그리거나 글을 쓴다는 것은 쉬운 일이 아니다. 많은 사람이 알고 있는 내용이어서 그렇기도 하지만 성경을 잘못 해석하는 오류를 범할 수 있기 때문에 용기가 필요하다. 그렇더라도 많은 예술가들이 이를 시도하고 도전하는 것은 누가 시키는 것처럼 그쪽으로 감성의 촉수가 뻗치기 때문일 게다. 자기 힘으로 제어할 수 없는 촉이 자극을 받거나 독려를 받는다면 어찌 멈출 수가 있겠는가. 그런 알 수 없는 영감이 있었기에 무수히 많은 예술가들이, 특히 그리스도교가 일찍 발달한 유럽 사람들이 음악, 회화, 조각, 글 등에서 불후의 명작을 많이 남겨놓았을 것이다.

밥값이라고 말하며 식탁 위에 반지를 빼놓고 광야로 나서는 호민관의 모습은 과거의 삶을 청산하고 새로운 세계로 나가려는 의지의 표상이었다. 새롭게 펼쳐질 앞날이 결코 평탄치 않더라도 이제까지의 삶에서 전환하여 자유롭고 정의로운 일에 투신하려는 의지 같았다. 아니면 토굴 속에서 은둔 생활을 하며 하느님을 섬기던 은수자처럼 살았을지도 모를 일이다. 전심전력을 다해 쌓아놓은 업적이 보잘 것 없는 모래성 같고 생명과 같았던 명성이 휴지조각과 다를 바 없다는 것을 깨닫는 순간, 용맹과 권위의 상징이며 자랑이었던 반지는 망국의 지폐처럼 아무짝에도 쓸모없는 것이다. 과거의 행적을 결연히 떨치고 홀연히 떠나는 뒷모습은 진리를 찾아나서는 구도자의 모습이며 인생의 무상을 체험한 선인의 모습이다.

의미를 두자면 천금처럼 무거운 것이나 별거 아니라 여기면 검불처럼 가벼워 헛되고 헛된 것이 인생 아니겠는가. 우수에 잠긴 주인공의 표정이, 먼 곳을 응시하는 무연한 눈빛이 오래도록 잊히지 않았다.

그 남자의 시

바닷가 친구 집에 갔더니 시집을 한 권 주었다. 이웃에 사는 농부시인이 낸 시집 제목은 『그 남자의 손』이다. 서문을 읽으니 짧은 글 속에 그의 일생이 그대로 보이는 것 같았다. 하룻밤을 묵으며 모두 읽고 돌아오는 버스 안에서 다시 읽어 보았다. 친구가 보내주는 동인지에서 시를 보며 맑고 의미가 깊다고 생각하였지만 한 곳에 모아 놓고 보니 알알이 콕콕 박힌 석류 알처럼 속이 꽉 찼다는 생각이 들었다. 의뭉스럽게 웃기는 듯싶었는데 읽고 나니 아릿한 슬픔이 가슴 한쪽을 건드리고 지나갔다. 그대로 스며들어 저릿하게 하는 기분 좋은 슬픔이었다면 말이 될까. 갈고 닦은 상큼한 시어들이 파란 하늘에 남겨놓은 빨간 까치밥처럼 산뜻, 애틋하게 했다.

내가 이 분의 시를 마음에 둔 것은 어느 날 본 「수국」이라는 시 때문이다. 생각날 듯 떠오르지 않아 가물가물 안타까웠다. 본인은 신통 찮게 생각하였는지 이 시집에는 실리지 않았다. 시가 무엇이기에 이토록 사람 마음을 사로잡는 것일까.

집에 오니 남편이 거실에서 텔레비전을 보고 있었다. 기다린 듯하여 서둘러 저녁밥을 지어 식탁에 마주 앉았다. 바닷가 이야기, 친구 이야기도 하였으나 그는 건성으로 들으며 밥을 먹었다. 생각난 듯 시집을 가져와 읽어주마고 하였으나 아무런 반응도 하지 않았다. 누구하고든 감흥을 함께 나누고 싶은 심정이었기에 시집 겉장에 장정용으로 쓴 시를 천천히 읽었다. 「큰 스승」이라는 시의 일부분은 디자인을 겸하여 글자를 크고 작게 배열하였다.

세상에서 가장 무서운 것은 글자였다/ 징용 통지서 한 장에 일본에 끌려가 죽을 고생을 하고/ 전쟁 통엔 내용도 모르는 종이쪽지 한 장에 갖은 매를 다 맞았다/ 사상도 이념도 모두 글자싸움으로 여긴/ 그에게 글자는 칼보다 총구보다 더 두려웠다// ··· 꽃상여를 멜 이웃에게 기어이 품삯을 미리 주고/ 손수 입관에 쓸 황토를 곱게 쳐서 포장을 덮어 놓았다/ 글자를 아는 자식들에게 유언장 대신 한 말은/ 음식 아끼지 말고 넉넉히 준비해라/ 이 한마디뿐

무릇 사람 마음이란 얼마나 넓고 깊은 것인가, 새삼 인간이라는 것이 고마워서 갑자기 울컥 목이 메었다. 글자가 칼보다 총구보다 두려웠다지만 그의 삶은 그대로 경전이었다.

이어서 「그 겨울의 우울한 삽화」라는 산문시를 읽었다. 연작으로

되어 있는 첫 편을 읽는데 목소리가 잦아들더니 다음 시를 읽다가 그예 식탁 위로 방울방울 눈물이 떨어졌다. 당황하여 더는 읽을 수가 없어 남편에게 시집을 건네주었다. 그새 밥을 다 먹고 뜨악한 표정으로 바라보던 그가 무슨 말인가 싶은지 시집을 들고 소파로 갔다.

열적은 나는 눈물에 밥 말아 먹으며 오랜만에 사람을 울리는 시에 대하여, 문학에 대하여 숙연해졌다. 머리는 좀 아팠지만 정신은 맑아졌다. 문학이 죽었다느니, 침체라느니, 위기라느니 말이 많은 시대에 살고 있지만 그래도 좋은 글은 감동을 주고 위안이 되고 힘이 된다는 사실을 믿는다. 글자의 나열에 불과하다고 할 수 있는 시가 읽는 이의 마음을 뒤흔들어 놓고 마음을 정화, 고양시키면서 눈물을 쏙 빼게 하는 힘. 문학에 대하여 갑자기 경건한 마음이 생겼다. 한 편의 시가 모든 사람에게 감동을 주기는 어려울 것이다. 그러나 누군가의 가슴에 사라지지 않는 별로 떠서 행복하게 한다면 그 한 사람을 위해서라도 시는, 글은 써야 하지 않을까.

시는 작가의 심적 나상이고 숨기고 싶은 치부이고 헤집고 싶지 않은 아픈 상처이며 진솔한 자기 고백이었다. "중학교도 못 가면서 책은 읽어서 뭐하니? 수를 놓던 누님들이 눈을 흘기며 약을 올렸다" 그는 자랑스러울 것도, 부끄러울 것도 없는 이야기를 아무렇지 않게 멍석 위에 쌀 쏟아붓듯, 확성기 들고 마을에 소식 전하듯 천연스레 쏟아내고 있었다. 그러나 낟알 하나하나가 의미 있는 것처럼 시어들은 유리알처럼 투명하게 빛을 발했다. 그의 이야기를 썼는데 치유되지 않은 내 상처가 덧난 듯 통증이 왔다. 별스러울 것 없이 떠돌던 고향마을 이야기가 이웃들의 아픈 사연이 그대로 전이되어 왔다. 그의 시는 상처를 어루만지는 부드러운 손길이고 인정에 대한 고마움이었다.

앞이 보이지 않게 막막하던 젊은 날 세상 어느 곳에서도 둥지를 틀지 못한 서러움에 언 새벽 강물에서 뜨거운 눈물을 쏟았구나. 억울하여 잠 못 이루고 뒤척이던 밤 뜬눈으로 하얗게 날밤을 새웠었구나. 주저앉고 싶으리만치 힘들게 살아온 세월이 파도리 해변의 조약돌처럼 하얗게 깔렸구나.

우리 집 안방에는 어느 집이나 마찬가지로 장롱이 있다. 한여름 뙤약볕이 한결 수굿해진 가을볕과 건들바람에 둥글둥글 저 혼자 붉은 대춧빛 장롱이다. 남향받이 창문으로 비껴드는 햇살을 받으면 겨울에도 그 가을인 양 방안이 환해진다. 빛깔이 마음에 들어 샀는데 문 가운데와 양쪽에 돋을새김으로 조각을 한 풍경들이 그럴싸했다. 구름이며 달, 소나무, 초가집들이 세련되지는 않지만 정성들여 새겨놓은 문양들이 정겨웠다. 손잡이에 아기자기하게 무늬 놓은 목각의 소박함이 좋았다. 인연이 닿아 내게로 온 이 장롱은 철 시난 옷이나 이불을 껴안으며 수십 년 나와 애환을 함께하고 있다.

시를 읽으며 뜬금없이 우리 집 장롱이 생각났다. 누가 만들었는지 모르지만 장롱의 소박한 미감을 아끼고 좋아하듯 지은이와 무관하게 여리고 소박한 심성이 그대로 드러난 은유와 진솔한 고백들이 좋다. 실지로 시인에 대하여 별로 아는 바 없으나 시를 보고나니 많이 알 것도 같다.

며칠 후, 어느 문학회 모임에서 회원 한 분이 모 일간지에 실린 그의 시 「득도(得道)」를 복사해 와 낭송했다. 좋은 시나 글은 굳이 알리려 하지 않아도 날개를 달기 마련인가 보다. 이미 활자화된 글은 필자를 떠난 것이니 사상이나 정서, 취향에 맞는 사람 안에 머물러 위안을 주고 즐거움을 준다면 그의 것이 된다. 여기에 글의 생명력과 문학의 저력이 있을 것이다.

오늘날 시는 더 이상 낭독되지 않는다고 누가 그랬던가. 그건 그런 사람들의 이야기일 뿐 장롱의 먼지를 닦아내며 대춧빛 윤기의 고졸함을 즐기듯 "겨울, 파도리에는 사람 대신 파도가 운다"는 정낙추 시인의 「겨울 파도리」를 읊조려 본다.

하얀 구두

구두를 찾았다. 구두를 산 지 며칠 만에 잃어버려 아까웠지만 시간
이 지나면서 잊고 있었는데 한 달 만에 연락이 왔다. 아이 결혼식 날
웨딩숍 안에 있는 미장원에서 한복을 입고 고무신으로 바꿔 신느라 구
두를 벗어놓았다. 다음 날 생각이 나서 연락을 하였으나 이미 구두는
사라진 뒤였다. 주말이라 미용실에는 예식 손님이 많았다. 손님 중에
서 자기네 식구 것인 줄 알고 가져갈 수도 있으니 기다려 보자고 했다.
아니나 다를까. 누군가 그렇게 가져갔던 구두를 웨딩숍에 가져다 놓
았다. 구두를 찾아오니 단아한 모양새가 예쁘고 신기 편하여 처음 살
때보다 더욱 기분이 좋아 잊고 있던 사람이라도 만난 양 반갑기 그지
없다.

　오래전에도 구두를 잃어버린 적이 있다. 하얀 가죽으로 앞에 리본이

달려 산뜻해 보이는 여름 구두였다. 그때는 선뜻 구두를 살 수 있는 형편이 아니었는데 남편이 어디서 상품권을 얻어와 산 구두였다. 마침 친정에 갈 일이 있어 새 구두를 신고 갔다. 이튿날 새벽미사에 갔는데 끝나고 나와 보니 신발장에 놓았던 구두가 없었다. 실로 거짓말처럼 감쪽같이 사라졌다. 예전에는 성당 바닥을 마루로 깔아 신발을 벗고 들어갔다. 사랑땜도 못하고 어이없이 잃어버린 것이 허망했다. 누구에게 하소연할 수도 없기에 사람들이 다 가기를 기다렸더니 희한하게도 시커멓고 낡은 플라스틱 남자 슬리퍼 하나가 남아 있었다. 아무래도 슬리퍼 임자가 구두를 신고 갔을 리는 만무하고 남자인지, 여자인지 알 수 없는 그 정체가 궁금하였으나 어쩔 것인가. 70년대 우리 사회는 상갓집이나 여러 사람이 모이는 곳에서 신발을 잃어버리는 일이 종종 일어났다.

덩굴장미는 담장에서 이울고 신록이 우거지기 시작한 초여름 날빛은 풋풋했다. 싱그러운 아침 햇살이 누리에 퍼지는데 하얀 구두는 누구의 시선을 당겨 미혹하였나. 마음을 흐트러지게 유혹하였다면 사물도 잘못이라고 말할 수 있을까. 그렇다 해도 구두 탓이라고 할 수 없는 일이다. 견물생심이었을까. 꽃무늬 원피스에 어울리지 않는 슬리퍼를 타달타달 끌며 언덕을 내려왔다.

집에 오니 엄마도 몹시 속상해했다. 지금 세상이야 흔한 것이 신발이지만 당시에는 얼마 동안 벼르다 돈을 모아 구두를 장만하던 시절이었다. 더러운 슬리퍼를 쓰레기통에 버리자, 당장 신을 것이 없으니 문제였다. 심란한 채 하루를 보냈다. 그런데 사연을 들은 남동생이 상심이 크겠다며 올케에게 구두를 사주라고 돈을 주었다. 그렇게 고마울 수가 없었다. 올케와 함께 가서 비슷한 모양의 하얀 구두를 샀다. 속상한 마음이 동류의 것으로나마 상쇄될 수 있었는지 조금 위안이 되었다. 그것으로 몇 번의 여름을 났다.

그 후 잘 나가던 동생의 사업이 어려워졌다. 욕심을 부려 여러 가지 사업에 손댄 것이 화근이었지만 80년대에 불어 닥친 우리나라의 경제 위기도 한몫 했을 것이다. 무심한 세월이 흐른 어느 날 동생한테서 전화가 왔다. 어떻게 지내느냐고 물으니 잘 살고 있다면서 돈 좀 빌려달라고 했다. '잘 사는 사람이 돈을 빌려달라고 하니?' 의구심이 들었으나 묻지는 않았다. 내 생활이라고 별반 낫지도 않아 잠시 망설이는데 기다렸다는 듯 수십 년 전 하얀 구두가 반짝 떠올라 그러마고 했다. 당시로는 수십 켤레의 구두를 살 수 있는 액수이니 우리 형편으로 무리였으나 빌려주기로 생각한 것은 그때의 고마움이 컸기 때문이다. 그 뒤로 잊었는지 동생도 말이 없고 나도 이미 구두 값으로 생각하고 주었기에 두 번 다시 돈 이야기는 하지 않았다.

크든 작든 어려운 일은 누구에게나 일어나기 마련이고 상심이 클 때 도움을 받으면 여간 고마운 일이 아니다. 물질이나 정신으로 도움을 받으면 더구나 마음의 빚은 어떤 형태로든 갚아야 한다. 우선 내 마음이 편하기 위해서이나 그것이 인간의 순리이고 순정이기 때문이다. 덕을 많이 쌓으면 그 덕을 다시 받게 되고 현세가 아니면 자손 대까지 이어진다는 옛 어른의 말씀은 진리이다.

모임에서 나이 드신 어느 분이 말씀하셨다. 지금 당신은 남에게 진 빚을 갚기 위해서 사는 것이라고 했다. 그동안 알게 모르게 쏟아놓은 말로 남에게 상처준 일이 있다면 미안하다 사과하고 이러저러하게 신세진 분들 찾아보아야 하고 지키지 못할 약속 꽃송이처럼 뿌려댄 일 반성하면서 미처 알아내지 못한 잘못이라도 톺아내는 일이라고…. 삼가 티끌조차 세상에 남길까 저어하는 마음이 자리를 숙연하게 했다.

조마조마 가슴 졸이며 눈부시게 하얀 구두를 집으려고 뻗치던 검은 손의 실루엣이 수십 년이 지난 오늘 현대미술의 기법처럼 흑백 대비를 이루며 떠오른다. 때로 기억은 이처럼 잔인하게 선명하여 당황하게 한다. 혹여 그는 자신의 행동에 놀라 꿈속에서라도 가위눌리지 않았을까. 속상하던 내 마음이야 동생 덕분으로 바로 잊었지만 그때 구두를 가져간 남자, 혹은 여자도 편치 않던 마음 다른 곳에서 이미 풀었기를 바란다. 그때는 처지와 상황이 어쩔 수 없었노라는 자기변명, 자기 합리화로라도 마음의 짐에서 헤어났기를…. 우린 바람에 흔들리는 풀잎처럼 가녀린 심성을 지닌 인간이기 때문이다.

남간정사에는 고요가

햇살 좋은 가을 날, 가양동에 있는 남간정사를 찾았다. 검버섯인 양 돋아난 녹색 이끼를 어깨에 두르고 육중한 몸을 받침목에 의지한 왕버들의 위용은 대단하여 적잖은 세월을 가늠하게 한다. 계족산 줄기 아래 고즈넉하게 자리 잡은 단아한 목조건물이 왕버들의 풍채로 한결 고풍스러워 보인다. 조선 숙종 때 학자인 우암 송시열이 말년에 강학을 위하여 지은 별당 남간정사는 대전시 유형문화재 4호이다. 젊은 선비들의 글 읽는 소리와 학자들의 열띤 토론으로 활기가 넘쳤을 이곳이 유적지의 표징인 양 의연한 자세로 나그네의 발길을 잡는다.

이곳에서 유교 주류학파 성리학의 대가이며 정치가, 철학가, 사상가인 송시열의 문집과 연보를 집대성한 송자대전을 펴냈다. 대전시 유형문화재 1호인 송자대전판은 1819년(순조 19년) 괴산 화양동에 지었던

장판각이 화재로 소실된 후 1920년대에 후손과 유림들이 다시 판각하여 이곳에서 보관하고 있다.

건물 뒤 경사진 곳에는 송시열 선생이 손수 심었다는 배롱나무가 있다. 윗부분은 잘려나간 채 옆으로 기운 나무를 지지대로 받쳐놓았다. 우툴두툴한 표피와 굵은 몸통이 허리 굽은 노인을 연상시키지만 밑둥치에서 돋아난 싹이 제법 자라 나무 모양새를 갖췄다. 한 세대가 가고 다음 세대가 생을 이어가는 인간사와 다를 바 없이 어기차게 자라난 나무가 대견하다.

남간정사 건물이 특이한 것은 자연의 경치를 빌려 즐긴다는 차경(借境)의 묘미를 살리고 자연을 거스르지 않은 주거형태이다. 계족산 줄기 암반 위에 축대를 쌓고, 수로에는 주춧돌을 세우고, 그 위에 나무 기둥을 얹어 보란 듯이 집을 지은 것이 볼수록 신기하고 버젓하다. 산에서 흘러내리는 물을 대청마루 아래로 물길을 터서 그것을 모아 연못을 만들었다. 골짜기에서 흘러온 물이 마룻장 밑에서 돌돌거리고, 산에서 불어온 바람이 앞뒤로 열어놓은 대청마루와 마당 연못에서 노닐다가 다시 마룻장 밑으로 빠져나가면 여름에 이보다 시원한 집은 다시 없을 듯싶다. 사람이 드나드는 문은 방 뒤쪽에 만들고 양쪽으로는 온돌을 놓아 겨울은 또 그대로 추위에 대비하였으니 옛 분들의 지혜가 놀라울 뿐이다.

돌계단을 오르면 사적공원 맨 위에 남간사가 있다. 우암 송시열, 석곡 송상민, 수암 권상하 세 분의 영정을 모시고 있는데 봄, 가을이면 대전시에서 제향을 지낸다. 넓은 잔디밭에 세운 강학실 정면에는 이직당(以直堂), 인함각(忍含閣), 명숙각(明淑閣), 심결재(審決齋), 견뢰재(堅

牟齋)라고 각기 다른 글씨로 쓴 현판이 붙었다. 한자의 뜻을 아는 사람은 많지 않을 터이므로 한글로 설명한 안내판을 마당에 세워놓았다. 몇 년 전, 이곳을 우암사적공원으로 단장하면서 남간정사 뒤에 있던 남간사를 이곳으로 옮기고 공부방도 꾸며놓았다.

경내를 둘러보고 나서 '매사를 심사숙고하여 결정하라'는 공부방 심결재 댓돌 위에 올라섰다. 격자문 문고리에는 자물쇠가 채워졌지만 마루는 정갈했다. 다리쉼도 할 겸 마루에 걸터앉아 눈을 드니 하늘은 유감없이 푸르고 무량으로 쏟아지는 햇빛이 눈부시다. 산 빛깔 아직 푸르러 어디에 눈길 돌려도 눈뜨기 좋은 날빛이다. 산뜻한 바람과 미세한 풀벌레 소리는 자연의 효과음이려니, 새들이 지저귀는 소리만 들릴 뿐 사위는 고요하다. 시내에서 그리 멀지 않은 곳에 이런 데가 있다니, 고도에 홀로 와 있는 듯한 적막을 즐긴다. 순간 어릴 적, 낮잠 자다 일어났을 때, 식구들 모두 어디로 나가고 혼자 빈집에 남아 있던 호젓함이 물처럼 스민다. 자유롭고 홀가분한 마음에 무엇인가 해야지, 조바심쳤으나 실상 아무것도 하지 못했던 은밀하고 감미롭던 기억들이 갑자기 손님처럼 찾아들었다.

인생도 언제나 난데없긴 마찬가지여서 경거망동할 일도 아니다. 열심히 산다했는데 복병이 도사리고 있다가 뒷덜미를 낚아챘다. 깊이 생각하고 결정하였으나 앞으로 나간 것이 아니라 제자리에서 맴돌던 경우가 다반사였다. 네 잘못이라 억울하여 속을 부글거리다 돌아보면 내 허물일 경우가 많았다. 인생은 바로 이거다 알려주는 사람도 없고 알려준다 해도 처지와 형편에 따라 경우의 수가 달라 정답이 없으니 스스로 터득하는 수밖에 없다. 살아보니 그렇더라는 깨달음을 알아가는 것이 인생인지 모른다. 누구에게 하소연할 것인가, 누가 보든지 말든지 양심에 따라 마음을 곧게 쓰는 수밖에 없는 것이다. '마음을 곧게 쓰는 집'인 이직당을 바라보니 현판까지 내걸고 마음 다스리기를 경계한 옛 분들의 이직 사상은 이 시대에도 필요한 덕목이라 여겨진다.

　마루 기둥에 등을 기대고 시집을 펼쳤다. 책 읽는데 장소가 따로 있을까마는 몰두는 쉬웠다. 벽시계 소리만 째깍거리는 집 안의 고요나 아늑한 카페 귀퉁이의 오붓함과는 다르게 시야가 탁 트인 공간의 적요가 마음자리를 넓히는가. 시를 읽다가 남빛 하늘, 초록빛 산과 눈 맞춤하는 기분은 위로인 듯 정다웠다. 이곳은 책 읽기와 마음 정리하기 마침맞은 자리여서 혼자라도 좋고 정다운 벗과 정담을 나누기도 좋으니 시간 마련하여 즐겨 찾을 일이다. 적지 않은 시간이 흐른 듯싶을 때 누군가 올라오는 기척이 났다. 서둘러 할 일 끝낸 얌전한 새댁처럼 햇살은 가만가만 물러나고 있었다.

찐빵은 여전히

주말에 딸아이가 온다기에 찐빵을 해먹으려고 팥을 물에 담갔다. 빵을 해달라는 것도 아니니 아이를 핑계 삼아 찐빵이 먹고 싶었던 게다. 베이킹파우더를 넣은 밀반죽을 비닐로 봉해 놓았더니 만들기 좋게 부풀었다. 음식도 자주 안 하면 손에 설기 마련인지 찜통에 쪄 꺼내 논 빵에서 팥이 툭툭 터져 볼품없이 되었다. 그래도 맛이야 어디 가겠는가. 사 먹는 찐빵은 질려서 두 개 먹기도 힘든데 서너 개를 먹어도 입에서 당기니 희한한 노릇이다.

재료의 혼합 비율이야 기계가 더 정확할 터이지만 재료나 양의 조건이 같아도 맛이 다르다면 필시 손맛과 기계로 만든 맛의 차이일 성싶다. 반죽을 둥글리면서 눌러주면 전분에 끈기가 생겨 쫄깃한 느낌이 나는 것은 당연하지만 손으로 음식을 하면 맛을 내는 성분이 손에서 우러난다는 것을 과학적으로 증명하였다는 말을 들은 적이 있다. 손으로 조물조물 무치는 나물이 더 맛있다는 말이다. 생명체가 움직이며 생성되는 에너지 때문이라던가, 손으로 다듬고 주무르면서 형성되는 은근한 맛의 비밀은 바로 손맛이라는데 처음엔 그 말이 의아했으나 생각해 보면 한낱 쇠붙이가 두리두리 섞어내는 맛과 피돌기 하는 생명체가 순환하면서 뿜어내는 맛의 결이 어찌 같겠는가.

날이 추워 집 안에만 있다 보니 놀며 먹을 궁리나 하는 베짱이 같아 민망한 노릇이지만 모처럼 혀에 착 달라붙는 밀가루의 쫀득한 맛과 팥앙금의 부드럽고 달콤한 찐빵의 맛을 양껏 즐겼다. 이런 별미는 혼자 먹겠다고 할 수 없어 자연 여럿이 모이는 날 하는데 식구들이 어떻다 말없이 잘 먹는 걸 보면 맛이 괜찮다는 뜻이다. 먹기 아까우리만치 반들반들하고 둥글둥글 먹음직스럽게 쌓여 있는 뽀얀 찐빵 속에 젊은 우리 엄마 모습이 보인다.

초등학교에서 첫 소풍을 갔다. 선생님 따라 올라간 동산에는 삘기와 싱아가 지천이었다. 아이들이 싱아를 꺾어 껍질을 벗겨주며 이렇게 먹는 거라고 가르쳐주었다. 그때 처음 먹어보았는데 시큼달큼했다. 점심시간이었다. 이모가 하얀 무명에 십자수로 공작새를 화려하게 수놓아 만들어준 가방 안에는 뜻밖에도 하얀 찐빵 두 개가 들어있었다. 순간 깜짝 놀랐다. 쌍둥이 보름달처럼 나란히 앉아있는 찐빵이 반갑고 놀라워 환한 기억으로 상기도 남아 있다. 단무지 넣은 김밥도 말아주었고 삶은 계란도 있었는데 유독 찐빵만 덩두렷하게 동산에 떠오른 달덩이처럼 떠오르는 것은 그걸 좋아하였기 때문일 게다. 젖먹이 동생을 데리고 엄마는 언제 찐빵을 만들었을까. 너무도 또렷한 기억이라 궁금하였는데 물어보지도 못한 채 엄마는 가고 말았으니 달처럼 환한 그 기억만으로도 어린 시절을 행복하게 한다.

사는 것이 무척 힘든 날이 있었다. 아이들은 어린데 턱없이 억울하여 살 수가 없었다. 나는 잘못하지 않았는데 매사를 네 탓이라고 몰아세우며 내 말을 들어주지 않았다. 다름을 인정해주지 않는 속에서 부글부글 목까지 차오르는 울분을 견딜 수 없었다. 누구에게 털어놓을 수도 털어놓을 사람도 없었다. 돌아보면 사면초가였다. 혼자 거리를 쏘다니며 삭이려 애썼으나 울분은 목까지 차올랐다. 친구가 친정 어머니께 속 썩이는 남편 흉을 보았더니 "그놈은 어찌 그리도 네 속을 썩인다니…". 한바탕 욕을 하시더라는 말을 듣고 그렇게 부러울 수가 없었다. 함께 욕해 줄 사람도 없었다. 이 세상에 단 한 사람이라도 자기의 말을 들어주는 사람이 있으면 절망하지 않고 살아갈 수 있다고 하던가. 아는 분의 소개로 전문 상담사를 알게 되었다.

상담 전제 조건이 비밀을 보장하는 것이라며 거리낌 없이 하고 싶은 얘기를 하라고 안심시켰다. 한 달에 두 번씩 찾아가서 프로그램이 이끄는 대로 내 얘기를 털어놓았고 그는 인내심 있게 들어주었다. 나는 비교적 충실하게 프로그램에 임했다. 6개월 정도 지나자 상담의 과정인지 열세 살 이전의 좋은 기억과 나쁜 기억을 써오라고 했다. 어린 시절의 추억은 이상하게 좋은 것만 생각났다. 그때 이 찐빵이야기를 쓰고 감격했다고 말했다. 엄마는 명절이면 내게 빨간 치마 색동저고리를 만들어 입히고 첫영성체 때는 옥양목으로 흰 원피스를 만들어 축하해주었다. 복숭아가 주렁주렁 탐스럽게 열린 외갓집 과수원에서 외할머니가 벗겨주시던 수밀도 맛에 행복했다. 터질 듯 빨갛던 자두 맛의 풍미에 여름방학이 즐거웠다. 야단맞지 않고 자라는 아이가 어디 있으라만, 어릴 적에는 야단맞았다거나 슬프고 어두운 기억은 없었다. 부모님은 직접 가게를 운영하느라 늘 바빠서 아이들을 알뜰히 보살피지는 못했으나 우리가 안 보는 데서 어찌하셨는지 육남매가 다 자라도록 두 분이 소리 내어 싸우는 것은 보지 못했다.

뜻밖에도 상담사는 구김살 없이 아주 바람직한 유년시절을 보냈으니 억울해하지 말라며 위로해주었다. 성장 과정에서 형성된 심리 상태를 보려한 것이라며 본인은 잘못이 없다며 농까지 곁들였다. 지금 어려운 현실은 어려서 형성된 어둡고 비뚤어진 성격 탓이 아니라 주위 환경이 원인일 수 있으니 우선 자존감을 가지라고 용기를 주었다. 자존심은 부족한 자신에 대한 방어로 남에게 발톱을 세우는 것이지만 내면이 충족된 사람은 자신의 존재를 떳떳하게 인정하는 자존감이 있기 마련이라 했다. 자신을 사랑해야 남도 사랑할 수 있으니 자기를 비하시키지 말고 존중하라 했다. 내 잘못이 아니라며 인정해주는 말에 눈물이 쏟아졌고 깊은 수렁에서 빠져 나올 수 있었다.

못 견딜 것 같은 어려움은 언제든지 일어날 수 있고 누구에게나 닥칠 수 있다. 무엇이 우리를 절망에서 일으켜 세우는가, 그것은 결국 유일무이한 인격체가 터득한 자존감이며 지혜라 할 수 있다. 세상일을 모두 알 수도 없고 할 수도 없기에 어느 분야든 전문가는 필요하고 그런 사람의 도움을 받는 것이 세상을 기쁘게 살아가는 방편이 될 것이다. 나를 바로 볼 수 있도록 정신의 자립을 도모하도록 모티프가 되었던 찐빵은 여전히 나를 행복하게 한다.

즐거운 상상

　인천공항을 출발한 비행기는 이스라엘 텔아비브 공항으로 향했다. 성지 순례에 나선 일행 중에서 대여섯 명은 나란히 좌석에 앉고 나머지는 여기저기 뿔뿔이 흩어져 앉았다. 장거리 여행이니 다정한 친구와 도란거리는 재미도 있겠으나 낯선 사람과 옷깃 스치는 인연도 나름대로 의미 있을 것이다. 새벽에 대전을 떠나와서 열세 시간의 비행에 잠깐씩 풋잠이 들기도 하였으나 금방 깨어나곤 했다.

　내 자리는 일반석 뒤 칸 창가에서 세 번째였다. 옆에는 칠십 초반쯤 되어 보이는 서양인 부부가 앉았다. 보통 연결된 좌석에 생면부지의 여자가 끼었다면 나란히 여자가 앉고 그 옆에 남자가 앉을 법한데 개의치 않고 창가에 부인이 앉았다. 기내에서 주는 음식을 시중드는 것이나 부드러운 언행으로 보아 부인을 창가에 앉힌 것은 남편의 배려

같았다.

그들은 자리에 앉아 안전벨트를 매자마자 앞 의자 등받이에 붙은 간이 식탁을 내리고 자연스럽게 책을 꺼내들었다. 나는 앞자리 등받이에 붙은 화면으로 〈노량진에는 기차가 서지 않는다〉라는 영화를 보았다. 취업을 위해 노량진 학원가에서 알바를 하며 공부하는 젊은이의 애환을 그린 영화였다. 그 사이 옆 사람들은 저녁밥을 물리고 다시 책을 들었다. 얼마가 지났을까. 미안하다며 목례를 하기에 화장실에 가려는 것 같아 안전벨트를 풀며 리모컨을 어찌할까 허둥거리는데 남자가 리모컨 줄을 당겨 제자리에 넣어 주었다. 아하, 리모컨을 제자리에 꽂는 법을 그때 알았다.

밖이 어두워지자 남편은 두 군데의 자리 등(燈)을 켰고 두 사람은 여전히 책에 눈을 주었다. 기내는 미등만 희미하여 사람들은 잠을 자거나 영화를 보았는데 불을 켠 곳은 우리 자리뿐이었다. 덕분에 나도 책을 펼쳤다. 비행기 안이라 해도 밤이니 장시간 혼자 불을 켜놓는 것은 눈치가 보이고 용기가 필요한데 다행이었다. 설핏 눈을 붙였다가 아침을 먹고 영화 한 편을 더 보았을 때까지도 두 사람은 끄떡없이 그 자세였다. 부인의 책은 내용을 알 수 없지만 보통 책의 두 배인 오류백 쪽은 될 듯 두꺼운 영어책이고 남편 것은 보통 두께의 아랍어였다. 드디어 남편이 책을 다 읽었는지 겉장을 덮고 눈을 붙였다. 재미로 장편소설을 읽는지, 중요한 전문 서적인지 알 수 없으나 부인은 적어도 열 시간 이상을 꼬박 같은 자세로 앉아 오롯이 책에 몰두했다.

여섯 시간의 시차 때문인지 창문으로 보이는 하늘이 훤하다가 다시 어두워지면서 옆 사람은 다시 자리 등을 켰다. 열세 시간에도 끄떡없는 체력과 인내심으로 활자가 빽빽한 책을 쉬지 않고 정독했다. 무슨 책을 그리 열심히 읽느냐고 가벼이 던질 수 있는 질문조차 할 수 없는 나 자신이 절망스러웠지만, 불편하다거나 언짢은 기색 없이 조용한 그들에게서 범접 못할 품격을 느꼈다. 도착을 알리는 안내 방송이 나오자, 부인은 얼마 남지 않은 쪽수를 확인하고 아쉬운 듯 읽던 쪽을 접어 가방에 넣었다.

서두르지도, 지루해하지도 않으며 있는 듯 없는 듯 끈기 있게 책을 읽던 그들의 진중한 모습과 장시간의 독서가 놀라웠다. 장소를 개의 치 않는 집중력과 독서의 저력은 어디서 나오는 걸까, 실로 부러웠다. 어느 날 갑자기 마음먹는다고, 시간이 주어진다고 책을 읽지는 않을 터이니 살아오면서 쌓아온 습관이며 자연스런 일상일 것이다. 기골이 장대한 그들이 내릴 준비를 하며 따뜻한 미소를 보낼 때 왜소해지던 것은 동양인의 작은 체구 때문만은 아니었을 것이다.

삼십대 초반, 한 아파트에서 살던 친구가 있었다. 여러 남매의 막내 딸이던 그는 언니가 여럿이고 오라버니는 한 분이었다. 당연히 올케가 한 분이니 나이가 구십인 친정어머니를 오라버니가 모셨다. 어쩌다 딸 들이 친정에 모여서 밖으로만 도는 올케가 마땅찮아 이야기하려면 친 정어머니는 아무개 엄마가 너희들 보다 나으니 말할 것 없다고 입을 막는다며 속상해했다. 어느 날, 친정에 다녀온 친구가 어머니 이야기 를 전했다.

"애, 『토지』가 재미있더구나. 너도 한번 읽어보렴." 어머니가 친구에 게 건넨 말이었다. 평소에 어머니가 늘 책을 가까이 하는 것은 알고 있 었지만 그 나이에 은행알만 한 전구가 달린 커다란 돋보기를 한 줄 한

줄 옮겨가며 대하소설을 읽으셨다는 것은 감동이었다. 당시 12권으로 나왔던 박경리의 『토지』는 누런 종이에 활자도 작았는데 어느 세월에 그걸 다 읽고 막내딸에게 권했을까. 침침해지는 시력에 반딧불이 같은 불빛과 확대경의 도움을 받아가며 잔글씨를 한 자 한 자 톺아가며 완독하였다는 노인의 우물 속처럼 웅숭깊은 끈기에 경외감이 들었다. 독서가 정신의 지평을 넓히고 마음에 여유를 준다는 사실을 새삼 말할 필요 없더라도 내가 『토지』를 읽기 시작했던 것도 그 즈음이었다.

"노인이 쓰러지는 것은 도서관 하나가 불타 없어지는 것과 같다." 노인도 나름이겠으나 지혜와 경륜의 보고인 노인을 보고 아프리카의 어느 작가가 했다는 이 말도 독서와 무관하지는 않을 것이다. 너나없이 육신의 건강이 으뜸이라고 목소리 높이는 시대에 무엇으로 남아도는 노년의 시간을 채울 것인가. 올곧게 스스로를 지키고 품위 있게 늙어가는 것은 자신이 선택할 문제이다.

어느덧 목적지에 도착하여 출구를 나란히 걸어 나오면서 이 분들도 친구 어머니 나이쯤이면 다정하게 둘이 앉아 은행알만 한 전구 달린 돋보기를 밀어내리며 책을 읽을 것이라고 즐거운 상상을 하였다.

페트라의 나그네

텔레비전 드라마 속에서 천 년 전으로 되돌아간 주인공이 유적지나 옛사람들의 흔적을 살피면서 어리둥절해 한다. 과거와 현재의 시차 때문에 생긴 괴리감일 텐데 내가 바로 드라마 속 주인공처럼 타임머신을 타고 과거 속으로 되돌아간 듯 얼떨떨한 기분이었다. 훌륭한 것을 보았으나 좋다는 느낌만이 아니고 엄청난 잔칫상에 초대받았으나 감당할 수 없는 생경스러움 같았다. 대단한 역사의 현장이며 유적지이기에 이미 많은 사람들에게 알려졌는데 나만 몰랐는지 낯설고 당황스러웠다. 사전 지식 전혀 없이 맞닥뜨렸기 때문일까, 알고 있었더라도 실감나지 않긴 마찬가지였을 터이지만 가슴이 벅차오르며 행복한 듯, 답답한 듯 까닭 모를 느낌이 그랬다.

요르단 암만에서 버스를 타고 두 시간 동안 달려간 곳은 허허벌판으로 붉은 흙만 보이는 사막지대였다. 이정표처럼 서 있던 입구에서는 입장료를 받는데 둘레에는 호위하듯 가게들이 늘어서 있었다. 멀리 보이는 산은 나무가 있는지 없는지 희부옇고 무작스런 햇살만 사방에서 튀고 있으니 눈 뜨기조차 쉽지 않았다. 산이 눈 뜨기 좋다는 것은 필경 우리나라 산을 말할 때일 게다. 오월 초순의 날씨는 영락없이 우리나라 칠월 하순 삼복더위였다.

머리와 얼굴을 긴 머플러로 휘감은 일행은 그늘 하나 없이 넓은 아스팔트길을 삼삼오오 떼 지어 걸었다. 얼마나 일찍 나섰는지 벌써 돌아보고 나오는 외국인과 마주쳤다. 배낭을 메고 지친 표정으로 발걸음을 옮기는 그들의 얼굴과 팔은 직사광선 탓에 무서우리만치 빨갛게 달아올랐다. 이따금 조랑말이 끄는 마차와 낙타가 관광객을 태우고 지나갔다. 지난해 낙타와 접촉하여 옮았다는 메르스 때문에 온 나라가 홍역을 치른 우리는 낙타를 보기만 해도 병이 옮을 듯싶어 자연스레 고개가 돌아갔다.

얼마를 걸었을까. 눈만 내놓고 꽁꽁 싸맸어도 화끈거리는 얼굴로 계곡에 들어서니 우선 그늘이라 살 것 같았다. 골짜기 틈새로 보이는 하늘은 아연, 까마득하고 땡볕 속을 헤쳐 온 보람인 듯 환영인 듯 거대한 붉은 사암 계곡이 굽이굽이 사방에서 에워쌌다.

세계 7대 불가사의의 하나인 고대도시 페트라 유적지였다. 기원전 6세기경 서부 아라비아에서 이주한 아랍계 유목민 나바테아인은 산악도시를 건설하고 나바테아 왕국을 세웠다. 교역의 중심지로 발전하여 이 지역 상권을 주도하면서 절정기를 누렸다. 그러다 로마의 트리아누스 황제에게 점령당하고 아라비아 사막에 새로운 상업도로가 개척되면서 페트라 시대도 막을 내렸다. 큰 지진으로 폐허가 되어 묻혔다가 1812년 스위스 탐험가인 요한 부르크하르트(Johann Ludwig Burckhardt)가 발견하여 발굴을 시작하면서 세상에 알려졌다. 비잔틴 시대에 그리스도교 은수자들이 살았던 거대한 수도원과 왕실 무덤, 페트라 시티 센터의 흔적이 있고 알 카즈네(Al Khazneh) 석조물은 온전했다. 바위를 깎아 완성한 건축물은 단순 투박한 나바테안, 그리스, 로마 건축양식에 이르기까지 다양하여 역사적·문화적 가치를 인정받아 1985년 유네스코 세계문화유산으로 지정되었다.

관광 엽서를 들고 '원 달러'를 외치는 아이들은 이곳에도 있었다. 우리나라 아이들이면 당연히 학교에 있을 시간에 관광객을 상대로 거리에 나섰다. 비가 안 오니 농사를 지을 수도, 물이 없으니 공장을 세워 물건을 생산할 수도, 당장 끼니가 문제라 아이들에게 공부시킬 수도 없다니 딱한 노릇이었다. 부모의 잘못인지, 이 나라 위정자들의 탓인지, 지구촌 인류의 공동 책임인지 뒷집 마당 벌어진 데 솔뿌리 걱정하듯 당치도 않게 안타까움만 더했다.

그렇더라도 밧줄에 매달려 바위산을 정교하게 돋을새김으로 깎아 만들었다는 보물창고 알 카즈네 궁전의 위용은 놀라웠다. 어떻게 돌을 파내어 저토록 크고 아름다운 건물을 완성했을까, 완전 대칭의 매끈한 석조물을 눈으로 보면서도 믿기 어려웠다. 전에는 안으로 들어가 관람하였다는데 지금은 보호하려고 출입을 막았다. 아무리 장대한 협곡이 광활하고 건축물이 장관이라도 식물이 살 수 없으면 사람 또한 그러한데, 그 옛날 상권을 주름잡던 은성한 도시였다는 것이 실감나지 않았다. 비가 내리면 삽시간에 물바다를 이루어 관광객이 실종되기도 한다지만 고도(古都)를 증명하려는 듯 거리에는 옛날 로마에서 가져다 깔았다는 파르스름한 모자이크 대리석이 보물인 양 바닥에 박혀 있었다.

돌을 깎고 다듬어서 집을 만든다는 것이 이해되지 않았으나 천지사방이 돌뿐인 곳에서 어쨌든 살아야 했다면 돌을 쪼아 동굴을 만들어 비를 피했을 것이고, 요령과 궁리가 생기면서 비스름하게 집을 만들다가 솜씨 좋은 사람이 미감도 고려하여 건물을 완성하였을 게다. 이런 지혜와 손재주라면 수로를 만들어 어디서든 물을 끌어다 썼을 것이다. 인간은 환경에 적응해서 살기 마련이니 울퉁불퉁 투박한 바위산에 외형을 둥글리거나 또는 각(角)지게 하거나, 높낮이에 변화를 주면서 이것저것 건조하였을 테고, 그런 구조물 하나하나가 모여 이름도 생소한 산악도시를 만들었을 것이다.

돌로 만든 집에 드나드는 사람들은 큰 키에 이목구비가 뚜렷하고, 정신세계 또한 허우대 못지않게 배포도 커서 호쾌하였으리라. 엄격하기가 자신에게는 동짓달 서릿발 같고 자애롭기가 남에게는 춘삼월 봄바람 같았으리라. 옛사람들의 발자취를 더듬다 보면 영화에서처럼 어느 골짜기에서 수염 덥수룩하고 눈매 선한 고대 사람과 조우할지도 모르겠다. 그럼 늘 마주쳐도 반가운 이웃처럼 눈인사를 나눌 것이다. 징검다리를 건너듯 유예의 삶을 지나면서 관대, 온후한 품성을 그리는 것은 인정에 대한 애달픔이며 어느 시대에 유하더라도 그런 손길은 고귀하기 때문이리라. 처음의 우두망찰하던 기분이 시나브로 풀어져 발랄한 상상을 하면서, 뒷짐 지고 옥빛 대리석 깔린 고대도시 페트라 거리를 거닐고 있다.

동굴에서 부른 노래

　우리가 도착했을 때는 위아래 검정 옷을 입고 옆머리를 땋아 내린 특이한 복장의 유대교인과 다양한 종교의 순례자들이 정교회 성전에 빼곡했다. 그 속을 비집고 들어가 지하 동굴 입구에 늘어선 맨 끝줄에 붙어 앞사람을 따라 천천히 조붓한 계단으로 내려갔다. 그곳엔 천장에서 늘어뜨린 향합이 즐비했고 놋쇠 대접에 켜놓은 여러 개의 촛불로 환했다.

　"이곳에서 예수그리스도가 동정녀 마리아에게서 탄생하시다."

　대리석 바닥 가운데 아기 머리통만 하게 뚫린 구멍 가장자리에 방사형으로 뻗힌 별 모양을 은으로 장식하고 그 윗부분에 라틴어로 써놓았다. 뜻밖이었다. 커다란 성전 아래 이렇듯 숨겨놓은 보물이 있다니, 전혀 예상하지 못한 정경이었다. 놀란 가슴 수습할 새도 없이 앞사람이 하는 대로 그 옛날 예수님이 태어났을 때 처음 찾아온 목동이 그랬던 것처럼 바닥에 엎드려 친구(親口)했다.

'주님, 저에게 자비를 베푸소서.'

순간 터져 나왔다. 베들레헴 마구간 구유에서 가장 낮은 자세로 태어난, 강보에 싸인 아기 예수께 드린 기도치고는 염치없었지만 나도 모르게 왈칵 눈물이 솟구쳤다. 생각은 물론 머리카락까지 낱낱이 헤아리는 분이니 살아온 세월을 당신은 아실 거라는 응석이, 그동안 애타게 찾던 자리가 바로 여기라는 듯 참았던 서러움이 서리서리 파도처럼 온몸을 덮쳤다. 일어나기 싫었다. 제발 나 좀 그대로 두세요. 몽니 부리듯 한참 동안 엎어져 울고 싶었다. 그러나 내 마음 알 리 없는 사람들은 물밀듯이 동굴 안으로 들어왔다.

먹먹한 가슴으로 동굴 한 쪽에 서서 벽에 붙어있는 그림을 둘러보았다. 성탄 때 주일학교에서 선물로 받고 좋아하던 상본 그림이었다. 아기의 포동포동한 모습과 아기를 들여다보는 천사들, 마리아, 요셉 성인과 목동들이 그려진 원화였다. 젖 먹이는 성모의 수유 성화도 있었다. 처음 이 그림을 사진으로 보았을 때 성모님도 나와 같이 아기에게 젖을 먹였다는 사실은 충격이리만치 신선했다. 나도 젖 먹이던 엄마라는 사실에 뿌듯하던 기분이 상기도 되살아났다. 일행들의 경배가 모두 끝나자 가이드는 노래를 부르자고 제안했다. 우리는 둘러서서 나지막하게 〈고요한 밤, 거룩한 밤〉을 불렀다. 이방인들이 힐끗거렸으나 아랑곳하지 않았다. 작은 동굴이 그 옛날처럼 우렁우렁 울리자, 노랫말이 심금을 건드렸는지 제 설움에 겨웠는지 웅얼거리다 그예 눈물을 훔쳤다.

로마황제가 호구조사령을 내려 사람들은 저마다 본고장을 찾아 길을 떠났다. 요셉도 갈릴리 지방 나사렛 고을을 떠나 유다 지방의 베들레헴이라고 불리는 다윗 고을로 올라갔다.

그는 자기와 약혼한 마리아와 함께 호적 등록을 하러 갔는데 마리아는 임신 중이었다. 그들이 거기서 머무르는 동안 마리아는 해산 날이되어 첫아들을 낳았다. 그들은 아기를 포대기에 싸서 구유에 뉘었다. 여관에는 그들이 들어갈 자리가 없었던 것이다. (루카 2, 5~7)

이곳이 바로 베들레헴 아기 예수 탄생지로 전해오는 동굴이었다. 콘스탄티누스 황제의 어머니 헬레나 성녀가 이곳을 순례한 후 황제에게 성당을 지어달라고 부탁하여 서기 339년에 축성하였다. 그래서 콘스탄티누스 성당으로 부르기도 하였는데 510년에 불타 유스티니아누스 황제가 다시 짓기 시작하였고 드디어 531년에 완공하였다. 천장과 벽화, 내부 장식만 바뀌었을 뿐 그대로 보존했다. 황제의 어머니도 지금 나와 같은 마음이었다는 것이 실로 반갑고 고마웠다.

벽과 천장 성화는 채색된 대리석 모자이크와 프레스코화로 그렸다. 성전이 불에 탈 때 바닥은 다행히 그대로 남아 있어 주위에 판자로 보호막을 쳐놓았다. 성경에 나오는 이야기를 사실화로 정교하게 그린 성화가 신기하여 올려다보다가 미처 감동을 추스르지 못한 채 일행과 떨어질 새라 서둘러 다음 장소로 발길을 돌렸다. 성당 구석구석에 꾸며진 제대에 눈길을 주면서도 동글동글 귀여운 아기 예수의 모습이 떠올라 성전 기둥에 이마를 대고 눈을 감았다. 나는 지금 어디에 무엇 하러 왔는가. 뜬금없는 물음을 지우려고 촛불을 봉헌했다. 성당 입구는 페르시아 침입자들이 말을 타고 교회에 들어와 약탈하는 것을 방지하려고 좁고 낮게 지었다더니 외부에서 볼 때 요새처럼 야무져 보였다.

이천 년 전, 예수님의 탄생 현장을 눈으로 보고 발로 밟으면서도 실감나지 않았다. '공중부양'하는 느낌이랄까. 꿈인 듯 생시인 듯, 뿌듯한 듯 허전한 듯, 갈피 모를 기분이 그랬다. 이스라엘 성지 순례는 기대하지 않았던 선물을 받은 것처럼 한없이 기쁘면서도 어리둥절했다. 제비뽑기에서 뜻밖에 횡재한 기분 같기도, 감당할 수 없어 외롭기도 하여 얼떨떨한 기분이었다.

미리 나누어준 성지 안내서를 보았고 일정에 맞추어 예수님의 행적을 따라다니면서도 엄청나고 대단한 역사적 현장에 정말 온 것일까, 긴가민가했다. 그건 신앙을 의심하여 부정하는 것과는 차원이 다른, 시차가 크고 간극이 대단하여 머리가 수용하지 못하는 사고의 한계에서 오는 괴리감 같았다. 그런 느낌은 성지 처처에서 출몰하여 안타까움과 아쉬움이 터질 듯 부풀어 올라 발 딛고 서 있으면서도, 눈으로 직접 보고 듣고 확인하면서도 가보지 못한 미지의 세계를 꿈꾸듯 막연히 그곳에 가보고 싶다는 열망이 간절했다. 어쩌면 좋으냐, 이런 기이한 느낌 때문에 남의 눈이 안 띄는 곳에 숨어 울고 싶었다.

새삼스러울 것도 없이 예수님 탄생은 이천 년 전뿐만이 아니라 눈뜨고 깨어나는 일상에서 날마다 일어나고 있었다. 모든 세상 이치가 그렇듯 느낀 만큼 알고 아는 만큼 느끼게 될 터인데 무지몽매하여 깨닫지 못하였던 것이다. 오늘도 내일도 이어지는 구세주의 탄생은, 사도 바오로가 말했듯 한 계명으로 요약되는 율법의 의미를, 자신의 십자가를 삶 속에서 살아내는 것이었다. 어두컴컴한 성당을 나설 때 전구에 불이 켜지듯 환하게 떠올랐다.

피에타 상에는 포도송이처럼

　꿈에도 그리던 이탈리아 로마에 입성했다. 천주교 역사를 고스란히 간직하고 있으며 전 세계 천주교인들의 수장인 교황님이 계신 곳, 모든 전례며 교계의 움직임들이 결정되고 유서 깊은 성당들이 저절로 발길을 돌리게 하는 곳, 날마다 순례자와 관광객들이 구름처럼 몰려와 인산인해를 이루고 성당 앞에 경찰을 배치하고부터 그 유명한 소매치기가 사라졌다는 곳이 아니던가. 아침 일찍 순례에 나선 베드로 성당 입구에서는 입장객들의 가방과 몸에 대한 보안 검색을 하고 오디오 가이드 이어폰을 나누어주었다.

　마당 안내판 앞에서 성당 구조를 간단히 설명한 여행 가이드는 먼저 시스티나 성당으로 향했다. 그곳은 외관에 출입구가 없어서 교황궁을 통해 들어가는데 몰려든 사람들을 헤치며 가는 긴 회랑 양쪽 벽에는 태피스트리 성화가 즐비했다. 아, 처음 보는 광경에 눈이 휘둥그 레졌다. 성경 내용을 대형 벽화로 그리는 것도 보통이 아닐 텐데 차분 한 빛깔의 색실로 명암을 살려 짜놓은 그림은 놀라웠다. 천장 꼭대기 부터 바닥까지 내려오게 벽면을 온통 차지한 크기도 보통이 아니려니 와 섬세한 솜씨와 세련된 색채가 예사롭지 않아 자세히 살펴보고 싶은 데 이것이 관광 목적이 아니라는 듯 가이드는 저 멀리 앞장서 갔다. 그 래도 볼 건 좀 보아야지, 아쉬운 마음에 멈춰 서서 올려다보다가 도대 체 저 커다란 걸 어떻게 한 판으로 짰단 말인가, 궁금증은 더하며 관광 객과 순례자들이 꽉 들어차 걷기도 쉽지 않은 회랑을 잡목 사이를 헤 치며 산을 오르듯 인파 사이를 헤치며 달려가곤 했다. 복음서와 사도 행전의 성경 내용을 라파엘로가 밑그림으로 그리고 풍경이며 얼굴 표 정, 장신구까지 명암을 살려 실로 짠 대형 성화는 그냥 지나치기에는 후회가 남을 만큼 장관이었다.

그러다 말로만 듣던 시스티나 성당으로 들어갔다. 전 세계 추기경 들이 모여 회의를 거듭하며 투표로 교황님을 선출하는 콘클라베(Con-clave)가 열리는 장소였다. 미켈란젤로가 교황 율리우스 2세(Julius II)의 후원을 받아 천장과 벽에 그렸다는 프레스코화가 여봐란듯 벽면 가득 채워져 있었다. 천장화를 그릴 때는 지지대를 설치하여 누워서 그리다 가 눈에 물감이 들어가 죽을 때까지 눈병으로 고생하였다는 미켈란젤 로. 까마득하게 높은 천장의 〈천지창조〉, 〈아담과 하와〉, 〈노아의 방주〉 등 성경 내용이 그대로 펼쳐져 있었다. 성당 안에는 사람들이 콩나물시루처럼 빼곡히 들어차서 천장을 올려다보며 고개를 사방으 로 돌렸다. 이곳에서는 사진 촬영도 금지하였으니 눈으로 찍고 감동으로 새겨 가슴에 남겨야 했다. 미켈란젤로가 그림을 그릴 때에는 아무도 들어오지 못하게 하다가 그림을 완성하고 공개하였을 때 적나라한 나체화에 기가 막혀 모두 입을 다물지 못하였다는데 성전을 모두 벌거숭이 그림으로 도배하였으니 어느 누가 놀라지 않았겠는가. 성당 안을 돌아다니며 가까이 가서 살펴보고 싶었으나 옴나위할 수 없이 사람들이 꽉 들어차 한자리서 뱅글뱅글 돌면서 구경하다가 성당을 나오니 번갯불에 콩 구워먹듯, 꿈에 떡맛 본 듯 미진하여 아쉬움과 안타까움에 울고 싶었다.

베드로 성당에 들어서니 오른쪽으로 십자가에 못 박혀 돌아가신 예수님의 시신을 안고 계신 고통의 성모 〈피에타〉상이 있었다. 몇 년 전, 누군가 돌을 던져 훼손하려 한 뒤로 설치하였다는 유리벽 앞으로 사람들이 몰렸다. 좌대 때문에 눈높이보다 높아 자세히 보기 위해 바투 다가갔다. 자식 잃은 어미의 기막힌 심정이야 겪어보지 않으면 알 수 없는 일이지만, 사람들은 손바닥을 유리벽에 포도송이처럼 매달고 환히 불 밝힌 피에타상 앞에서 눈을 감은 채 저마다의 사연으로 기도하고 있었다.

자식 낳아 기르는 세상의 모든 어미들은 애간장을 끓이기 마련이다. 한밤중에 아기가 까닭 모르게 울거나 열이 올라도, 어디서 교통사고가 났다 하여도, 다 큰 자식이라도 연락 없이 집에 안 들어오면 안절부절못하고 노심초사하며 잠을 설친다. 이 세상에서 저절로 큰 자식은 아무도 없다. 제 자식을 낳아보아야 비로소 어른이 된다는 말은 그로 인하여 고통을 겪으면서 소중함도 알고 남의 고통도 헤아릴 수 있다는 뜻이다. 자식은 화사하게 피어나는 꽃 같은 기쁨인 동시에 감당할 수 없는 고통이기에 지금 이 역경을, 기막힌 억울함을, 자식으로 인한 십자가의 절박함을 나를 대신해 하느님께 빌어 달라고, 빌어주실 거라는 믿음으로 그 앞을 떠나지 못하고 매달려 있는지 모른다. 자식으로 인한 고통이라면 누구라도 이곳 고통의 성모를 떠올릴 것이다.

숨을 거둔 아들의 주검을 금방 떨어뜨릴 듯 힘겹게 무릎에 안고 슬픔에 잠겨 있는 성모님의 모습을 재현한 당시 미켈란젤로의 나이 겨우 25세였다니 젊은이가 어쩌면 저렇게 역동적으로 섬세하게 인물을 표현했을까. 인체를 사실적으로 묘사하려고 인체학을 공부하고 얼굴 표정과 옷자락, 근육의 움직임까지 돌덩이를 떡 반죽 주무르듯이 주물러 실체 인물 크기로 재현한 것이 볼수록 감탄스러웠다. 평생 독신으로 살았기에 기도하면서 그림 그리고, 기도하면서 조각하고 세상 마칠 때까지 하느님 사업을 필생의 업으로 여기고 봉헌한 그의 삶이 숭고하고 아름다웠다.

성모님은 구세주의 어머니가 되는 영광을 안았으나 아들을 여의는 고통 또한 감내했기에 자식 잃고 비탄에 잠긴 모든 어머니의 상징이며 모성의 대명사가 됐다. 세상의 슬픔이 아무리 크다 하여도 자식 잃은 어미의 슬픔에 비할 수 없기에 도저히 견딜 수 없는 고통 앞에서 우리는 성모님을 떠올리며 자신의 고통을 추스를 수 있는 것이다.

그동안의 여정에서 어느 것 하나 제대로 보지도, 깨닫지도 못하였다 해도 피에타상을 보았다는 것만으로 모든 것을 상쇄할 수 있으리라. 여기 이렇게 당신과 마주 할 수 있음은 그동안 누군가 나를 위해 기도해주었기 때문이리라. 그렇지 않고서야 어찌 감히 내가 이 자리에 서 있을 수 있으리. 시스티나 성당을 제대로 둘러보지 못하여 섭섭하던 마음을 가방 벗듯 내려놓으며 고통의 성모님과 불멸의 예술가 미켈란젤로에게 경배하듯 한참을 바라보았다.

금문교에서 샌프란시스코를

어떤 계기로 생소한 자신과 마주칠 때가 있다. 잠자던 열정이 깨어나면서 솟아나는 발열 현상이 정신을 고무시킨다고 할까. 달아오르는 흥취에 당황하여 벋나가려는 감성의 촉수를 지그시 누르기도 한다. 해가 지고 달이 뜨면서 알게 모르게 쌓인 상황과 사건, 희비의 쌍곡선을 그리며 스스로 알지 못하는 나는 얼마나 많은가, 새삼 궁금해진다. 그러기에 무디어진 감성에 자극을 주려고 일탈을 꿈꾸며 자신도 모르게 숨어있는 잠재력을 발견하려고 길을 떠나는지 모른다. 그래서 여행은 자연 풍광은 물론 사물과 사람에 대한 외적 발견인 동시에 자신에 대한 기분 좋은 내적 발견이라 할 수 있다.

버스가 샌프란시스코 금문교(Golden Gate Bridge)에 들어서자 기다렸다는 듯 노래 〈샌프란시스코〉가 흘러나왔다. 오랜만에 이 노래를 듣자 불이 켜진 듯 머릿속이 환해지면서 벌떡 일어나 박수치며 노래를 따라 부르고 싶었다. 누군가 선창을 하고 여럿이 합세한다면 군중심리로라도 그 분위기를 즐기고 싶었다. 평소에 달리는 관광버스 안에서 노래 부르며 춤추는 것을 질색하였는데 무슨 까닭인지 알 수 없었다. 계속된 여행으로 피로하였으나 마음은 가벼워지고 이상한 흥취가 감미로웠다.

가이드는 안개가 많고 바다 속 지형이 복잡하여 불가능하다는 반대에도 다리를 설계하고 완공한 조셉 슈트라우스(Joseph B. Strauss)에 대하여 설명했다. 직경 5밀리미터의 철사를 수십만 가닥으로 옹골차게 꼬아서 묶는 새로운 공법을 이용하였다는데, 세계에서 가장 길고 수면에서도 제일 높아 대형 선박은 물론 헬리콥터까지 드나들 수 있다고 한다. 조셉은 1937년에 금문교를 완성하고 이듬해 세상을 떠났다. 앞선 생각과 기술로 400여 개의 크고 작은 다리를 만든 솜씨와 업적에 대한 찬탄을 들으며 노래에 빠져들었다.

금문교에서 가까운 알카트라즈 섬에 교도소가 있다. 경비가 삼엄하여 한번 갇히면 나올 수 없다는 곳이다. 그래도 강력범들은 갖가지 방법으로 탈출을 시도하다가 바다로 흘러가서 결국 시신도 찾지 못한다는 곳을 유람선으로 구경하고 나온 것이 조금 전이었는데 민망하게도 기분은 이렇게 흥거워졌다.

이 노래는 70년대, 미국 가수 스콧 매켄지(Scott McKenzie)가 불러 젊은이들에게 선풍적인 인기를 끌었다. 반복되는 멜로디와 호소력 있는 목소리가 좋아서 젊은 시절 친구 따라 부르던 노래였는데, 생각지도 않았던 이곳에서 듣게 될 줄이야. 몇 년 전에 이미 세상을 떠났으나 여전히 그의 목소리는 부드럽고 은근하면서 구체적이다. "샌프란시스코에 가게 되면/ 잊지 말고 머리에 꽃을 꽂으세요/ 평화를 사랑하는 사람들을 만날 거예요/ … 평화를 사랑하는 사람들이 머리에 꽃을 꽂아요…" 평화를 사랑하는 사람들의 'Love In' 모임이 있으니 샌프란시스코에 갈 때는 머리에 꽃을 꽂고 오라는 노랫말이 너무도 아름답고 낭만적으로 들렸다. 진취적인 생각을 가진 세대가 함께하니 동참하자는 리듬이 편안하고 정겨웠다.

미국의 60년대는 히피들의 평화주의와 젊은이들의 반전운동이 나라 전체로 확산되던 시기였다. 기존의 사회 통념과 제도, 가치관을 부정하는 반사회적 운동의 일환으로 인간성 회복을 주장하는 히피들이 샌프란시스코에 모여들었다. 베트남 전쟁을 반대하는 젊은이들이 합세하여 평화를 외치면서 이 노래를 불렀다. 손뼉을 치고 춤을 추면서 더러는 어깨동무를 하고 노래 부르는 젊은이들의 자유로운 모습이 떠올랐다.

'히트곡'에는 시대를 관통하는 울림이 있다. 노랫말과 리듬이 대중들의 정서와 맞으면 공감대가 확산되어 많은 사람들이 따라 부르면서 당시 사회상을 반영한다. 그래서 유행가는 한 사람의 일생과 필적할 만하고 한 권의 책과 맞먹기도 하며 생명력을 지닌 장강(長江)이 되어 민중의 가슴 속으로 흘러간다. 그러나 민중들의 결집이 두려운 사회는 금지곡 딱지를 붙여 정서를 옥조이고 불법으로 간주하여 집회를 불허한다.

많은 사람들이 모인 시위 현장에는 으레 경찰관이 배치되는 것이 우리 사회이며 정서였다. 자신의 주의 주장을 생각으로 끝내지 않고 행동으로 옮기는 사람들에게 공권력은 위협적으로 다가왔다. 군중 수가 늘어나면 강제로 해산시키려고 전경들은 최루탄을 발사하고 시위 학생들은 방어책으로 투석전을 벌이며 맞서 싸우다 젊은 목숨 몇이 스러지고, 시위대 얼마가 연행되는 것을 보아온 것이 우리의 시위 현장이고 시위 문화였다.

머리에 꽃을 꽂거나 꽃송이를 들고 시위 현장에 나타나는 사람이 상대에게 위해를 가할 것인가. 시민을 위한다는 명분으로 들이대는 방패 앞에 꽃을 건네며 미소 짓는 모습은 아이러니해 보이지만 분명 아무나 할 수 있는 행위는 아니다. 자신이 하는 일에 대한 긍지와 자부심이 있어야 한다. 꽃송이를 미소로 받을 마음의 여유도, 공감할 가슴도 없이 무력으로 맞서려는 사람들의 의식이 문제인 것이다. 노래로 전하는 평화의 메시지가 각별하게 들리는 연유이다.

태평양 연안의 온화한 기후와 조용하고 아름다운 해안의 지리적 입지조건을 갖춘 캘리포니아 주 샌프란시스코는 미국인들이 가장 살고 싶어 하는 도시이다. 단지 붉은빛으로 빛나며 위용을 자랑하는 금문교와 아기자기한 집들과 지리적 여건 때문만은 아닐 것이다. 지진 때문에 한두 뼘 간격으로 집을 바투바투 지어 서로 지지대 역할을 하고 다양한 인종들이 모이는 시위 현장에서 이런 노래도 거부감 없이 수용하면서 세계주의 문화를 형성하기에 사람들은 이곳에서 살고 싶어 하는지 모른다.

금문교 위를 달리는 버스 안에서 샌프란시스코 노래를 흥얼거리다 보니 나도 집시치마 너풀거리며 커다란 꽃을 머리에 꽂고 시위 현장으로 달려가고 싶다. 〈전쟁은 이제 그만!〉 케테 콜비츠(Käthe Kollwitz,

1867~1945)의 목판화 피켓을 들고 평화를 노래하고 싶다.

알베르토의 착의식

어머니의 빈손

간밤에 바람이 몹시 불더니 마당가에 은행잎이 수북이 쌓여 있다. 우람한 몸체에 물비늘처럼 반짝이던 잎사귀들이 삭막한 보도를 노랗게 덮어버렸다. 거목으로 자라 수관이 아름다운 은행나무는 석양빛을 받아 노란 잎들이 불 밝힌 듯 마당 전체를 환하게 밝힌다. 연일 가을 날씨가 좋으니 노을빛 또한 그러하다고 두런거리며 지나는 행인들의 얼굴 또한 밝다.

순간 축제 마당이 연상되었다. 쌓아놓은 장작더미가 불길 따라 활활 타오르고, 모여든 얼굴들이 너울거리는 불빛에 발그레 상기되면서 가슴도 울렁거리는 기쁨의 한마당처럼 석양빛 받은 은행나무가 환하여 흡사 소리 없는 향연 같았다. 오가는 사람들이 조연(助演)처럼 흥겨움이 전이되는 것 같았다.

축제라고 하고 보니 이청춘의 소설 『축제』가 생각난다. 주인공 어머니가 치매에 걸려 정신이 오락가락하였더라도 힘들고 팍팍한 세상에서 그래도 천수를 누리다가 편안한 세상으로 가게 되었으니 산 자들은 축하할 일이라고 하였던가. 화투 패를 돌리며 와자지껄 떠들고 술잔을 부딪치며 신이 난 문상객들 분위기가 그러하니 축제 마당이라 함이 옳지 않겠느냐고 설득하지만 생각하기 나름일 터이다.

시어머니가 계신 요양병원에 다녀온 남편이 시어머니 금반지를 내놓는다. 왜 그걸 가져왔느냐고 하니까 간호사가 가져가라고 해서 어머니 손에서 빼왔다는 것이다. 그 말을 듣는 순간 무엇에 베인 듯 가슴이 서늘해졌다. 어머니가 가만히 계시더냐고 물으니 그렇더라고 대답한다. 동그란 모양이 찌그러지고 문양이 마모된 금반지가 반갑거나 고맙지도 않아 화장대에 올려놓았다. 젊은 날 호기로 사서 한번 끼어보고 서랍 속에 넣어둔 액세서리처럼 의미 없기는 마찬가지였다. 주고 싶어서 손수 주신 것이 아니고 아무리 아들이라 해도 손가락에 끼고 있는 반지를 빼왔다니 설명할 수 없는 미묘한 기분이었다. 물질이나 정신이 오롯하게 대물림될 수 있는 것은 깨어 있는 의식의 소산일 터이다.

어머니는 치매환자로 수년째 요양병원에 계신다. 정신이 온전치 않다고 느끼자 다섯이나 되는 자녀들은 아무도 어머니를 모시려 하지 않았다. 가서 뵐 때마다 나아지기는커녕 정신연령이 조금씩 어린아이가 되는 것 같았다. 여럿이 면회를 가면 한 사람씩 이름을 부르며 알아보더니 엊그제는 아들만 겨우 알아보신다. 그리곤 둘레거리며 딴전만 피우시는 것이 정신이 감쪽같이 사라진 것 같았다.

예전의 어머니는 옷은 물론 손수건 하나, 종이 한 장 허투루 버리는 분이 아니어서 살림에 대한 애착이 유난하셨다. 어려운 시절을 살아오며 몸에 밴 절약 정신일 수도 있겠으나 천성이 그런지 아끼느라 당신도 쓰지 못했다. 젊을 때는 아들 주는 것도 아까워한다고 서운해 하였지만 원래 그런 분이라 생각하니 서운할 것도 없었다. 그런 검약이 대체 어디서 유래된 것일까 궁금하였으나 알 수 없었다. 그렇게 애지중지 모아놓은 세간들은 병원에 가신 뒤 그대로 있었으나 세월은 무심히 흘렀다. 남편이 벽에 걸려 있던 사진틀만 떼어 왔을 뿐인데 방이나 부엌에는 거미줄이 생기고 주인 잃은 살림들이 눈에 띄게 삭아내려 손을 댈 수 없는 지경이 되었다. 성묫길에 나섰다가 집에 들러보면 모든 사물은 추억이 서리고 손때 묻은 본인에게나 중하지 남에게는 애물단지라는 사실을 절감했다.

내가 결혼하고 이듬 해, 어머니께서 환갑을 맞으셨다. 우린 분홍 한복과 반지를 해드렸다. 마침 첫아이 돌이 지난 후라 돌 반지가 여러 개 있어 그것으로 석 돈짜리 어른 금반지를 만들었다. 반지를 처음 끼어보신다는 어머니 얼굴이 박꽃처럼 환했다. 얼마가 지났을까. 그것이 보이지 않았다. 일할 때 거추장스러워 빼놓았다고 하시기에 그런가 보다 하였다. 나중에 딸들에게 들으니 반지가 닳을까봐 끼지 않고 종이에 싸서 안방 액자 뒤에 놓았는데 없어졌다는 것이다. 미안하니 에미한테는 말하지 말라고 당부하셨단다.

반지는 끼라고 만든 것이지 모셔두면 무슨 소용이냐며 딸들이 뭐라하였으나 사랑땜도 못한 반지를 잃어버린 어머니는 몹시 상심하셨다. 칠순 때 절대로 빼선 안 된다며 딸들이 해드린 반지가 바로 이것이다. 그 후로 훈장처럼 빛나는 반지를 손에서 빼신 적은 없는 것 같았다. 그런 분이 당신 손가락에서 금반지를 빼가도 아무 소리 안 하셨다니….

"갈게요, 들어가세요." 면회를 마치고 돌아설 때에 말 잘 듣는 아이처럼 간호사를 따라 방으로 들어가며 더 이상 뒤도 돌아보지 않으신다. 초연함도, 비움도 아니고 감각도, 감정도 없는 공허가 가슴에 들어차면 검불 같은 가벼움만 느껴진다. 미술 치료법이라던가, 면회실 입구에 고무찰흙으로 만들어 이름까지 써서 늘어놓은 소꿉장난 같은 그릇들을 무심히 바라본다. 대충 쥐었다놓은 듯 쭈글쭈글한 모양새와 달리 원색의 고무빛깔이 천연스레 곱다. 누구에게나 다홍치마 연두저고리 꽃 같은 시절이 있었지. 무심코 생각하다 무안하여 황급히 발길을 돌린다. 이렇게 인연이 다하는가보다, 미구에 닥칠 일을 예감하며 한동안 그 모습 눈에 밟힌다. 모든 인연 다 내려놓고 동행 없이 홀로 가는 길이 아무래도 어머니께 축제일은 아닐 듯싶다. 무한 쓸쓸할 것 같다.

스산한 바람이 다시 한 번 불고 나면 은행나무는 나뭇잎 모두 떨어뜨리고 실핏줄 같은 나뭇가지 하늘로 모으며 맨몸으로 겨울을 맞을 것이다. 은행나무의 깨끗한 소멸이, 시린 청정이 내 의식의 허기를 채울 것이다. 비워야 채워지는 충만의 기쁨을 나목의 비장함에서 보듯 어머니의 빈손을 생각한다.

달아나는 봄

친정에 갔던 길에 신정호수에 갔다. 얼마 전부터 한번 찾아보리라 벼르면서 오랜 세월 동안 혹시 변하지 않았나, 궁금했다. 저수지 초입에 들어서니 하늘은 낮게 내려앉았다. 잔잔한 수면 위에는 회색빛 물새 한 쌍이 한가롭게 날고 오리 모양 보트가 그림처럼 떠 있다. 아담한 산으로 둘러싸여 조용하다 못해 고즈넉한 분위기를 자아내는 이곳은 정말 아름다운 호수다.

학교에서부터 걸어서 소풍 갈 적에는 그렇게 멀게만 느껴지던 길이 택시를 타자마자 내린 것처럼 가까웠다. 많은 사람들이 모여 즐기기에는 적당하였을 터이니 중고등학교 6년 동안 봄 소풍 장소는 으레 이곳 풀밭이었다. 저수지 둑 아래 풀밭에 반 별로 앉아 친구들이나 선후배들의 장기를 듣거나 보는 것은 새로운 즐거움이고 흥겨움이었다. 특히나 선생님들의 숨은 재주를 볼 수 있으니 봄 소풍이 기다려졌다. "등불을 끄고 자려니…", 〈달밤〉이라는 가곡을 기막히게 부르던 음악선생님도, 〈번지 없는 주막〉을 구성지게 부르던 곱슬머리 물상선생님도 그리움으로 떠오른다. 60년대에 한창 유행하던 〈월남에서 돌아온 새카만 김상사〉를 춤까지 곁들여 멋들어지게 부르던 그 친구는 지금 어디서 무엇을 하며 살고 있을까. 졸업과 동시에 까맣게 잊고 지낸 친구가 한둘이 아니련만, 새삼 그 친구가 피붙이라도 되는 양 그리운 건 무슨 연유인지 모르겠다.

그 당시 우리들에게 신정호수는 마음의 고향이었다. 오랜만에 친구를 만나도, 친구의 약혼식이나 결혼식이 끝나도 으레 그곳으로 갔다. 호수 둘레를 걷기도 하고 야외 찻집에서 차를 마시며 담소를 나누었다. 좋은 일, 궂은일 가릴 것 없이 아무 때나 찾아가서 회포를 풀었다. 담배 연기 자오록하고 유행가 시끄러운 읍내 찻집보다 주위의 자연경관이 더할 나위 없이 좋으니, 저수지 둑길에 앉아 불확실한 미지의 날들에 대하여, 읽은 책에 대하여 시간 가는 줄 모르고 이야기를 나누었다. 강이나 바다를 볼 수 없는 내륙지방 사람들이라 그랬는지 깨끗하고 너른 호수를 배경으로 서로의 마음 털어놓기도, 위안 받기도 하였으니 그곳은 갖가지 사연을 간직하였다.

저수지 둑에는 그리 예쁠 것 없는 토끼풀꽃이 다보록이 피어나고 이미 한생을 마친 민들레 홀씨가 풀밭 가득히 비눗방울처럼, 풍선처럼 하얗게 떠 있었다. 순간 언젠가 신문에서 본 사진 한 장이 오버랩 되었다.

대관령 자연 미술제에서 설치미술작가들이 강원도 평창군 대관령 초원 위에 풍선을 매단 작품을 전시하였다. '대지의 바람'이라는 주제로 수백 개의 풍선이 광활한 벌판 위에 달덩이처럼 두둥실 떠 있는 모습은 장관이었다. 설치미술가들이 꽃 대궁 쑥 밀어올리고 여문, 둥글고 하얀 민들레 홀씨 뭉치를 보고 이런 상상을 하였는지 모르지만 착상이 신선하고 아름다웠다. 더구나 흑백사진이라서 풍선이 모두 하얗게 나왔는데 정말 모든 풍선이 흰색이었는지, 분홍이나 노란색 풍선도 매달려 있었는지 알 수 없지만 그 사진은 방울방울 들판에 물방울 무늬를 놓으며 눈길을 끌었던 것이다. 오늘 솜털에 싸인 민들레 씨앗을 보자, 그날의 환한 느낌이 되살아나 기분을 밝게 한다.

그러나 기발한 생각이라 여기고 심혈을 기울여 창작을 해보지만 결국 자연의 테두리 안에서 일어난 일이고 자연을 흉내 내는 일밖에 되지 않는다는 것을 알면 얼마나 맥 빠지는가. 그걸 알고 절망한 예술가들이 또한 얼마나 많은가. 문득 떠오른 글귀 하나가 세상에 없는 기막힌 말처럼 생각되어 써보았으나 이미 전에 누군가 써놓은 문장임을 알고 무색해지던 경험이 누군들 없을까. 오늘은 자기가 하는 일이 어설픈 몸짓이며 헛것에 불과한 일이라고 비통해하는 작가와 예술가들에게 용기를 주고 싶다.

둑길에 서서 심호흡을 하며 오랜만에 왔다고 소리치고 싶었지만 소리되어 나오지는 않았다. 눈과 마음을 시원스레 틔워주며 변함없이 맞아주는 호수는 마주하여 마음 편한, 곁에 있어 의지가 되는 친구처럼 고맙다. 손님 서너 명이 앉아 늦은 점심을 먹는 식당 정원 모서리에 피어있는 노을빛 철쭉이 애잔하다. 산색은 짙어지고 길가의 감나무가 반질반질 손톱만 한 열매를 매달고 있다. 바람에 흔들리는 여린 풀잎, 무심한 듯 서 있는 석류나무 한 그루, 혼자 앉아 있다 날아오르는 하얀 물새 한 마리…. 눈길 닿는 곳마다 유정해지고 마음이 머물던 자리마다 그리움은 안개처럼 피어오른다. 마음이 차분하고 주위가 고요해지면 까닭 모를 슬픔이 옹달샘 물처럼 고인다. 아름다운 것을 볼 때나 너무 좋아 가슴이 뛸 때도 가슴 한 귀퉁이가 저릿해진다. 살아있음으로, 모든 목숨붙이를 그 인연으로 애처롭다 여겨지면 그것이 기우는 인생이라고 했던가.

엊그제 바쁜 발길을 잡던 것은 외발로 톡톡, 콩 튀듯 걸어가던 갈색 비둘기였다. 어쩌다 저리 되었을까. 종일 그 모습이 밟히던 연유는 저리 살아야 하는 생애의 애달픔이다. 도회지 한복판에서 살아가는 비둘기에게 질주하는 차량의 무자비나 무신경한 사람들의 횡포가 피해 가랴만, 목덜미에 자르르 흐르던 청갈색 털빛의 윤기가 고와서 오히려 애잔했다.

세월의 톱니에 쌓인 그리움이나 애달픔은 인정에 대한 목마름이다. 마음과 마음의 따뜻한 소통이며 살아온 세월에 대한 목멤이다. 어디서부터 연유한 것인지 알 수 없지만 누가 곁에 있다 하여도 이런 기분이 사라지지 않을 것이다. 마음대로 할 수 없는 것이 세상의 이치라는 것쯤은 알 만한 세월을 살아왔기에 이런 기분도 수용할 여지가 있을 것이다. 느닷없이 출몰하여 당황하게 하던 소슬한 느낌도 오늘은 다정한 친구처럼 기분을 괜찮게 한다. 타박타박 호수 주변을 돌아 나오며 또다시 찾아오리라 생각하는데 알았다는 듯 보랏빛 엉겅퀴가 꽃잎을 활짝 터트린다. 깜짝 놀란 봄이 저만치 달아나고 있다.

개구리 소리

풋거름 냄새 코끝에 알싸한 저녁 어스름, 뜰에 내려서면 집 앞 논에서 개구리들이 소나기가 쏟아지듯 거대한 자갈 무더기를 한꺼번에 쏟아붓듯 일제히 울어댄다. '쫘아~' 하는 소리가 매미소리 같기도, 왕왕대는 벌레 소리 같기도 하지만 수많은 개구리들의 힘찬 함성이다. 한낱 미물에 지나지 않는 개구리들에게 무슨 사연이 있어 저토록 목이 터져라 울어대는가. 쉬지 않고 큰소리로 통곡하듯 울어대는 개구리들에게 순간 연민을 느낀다.

귀 기울여 가만히 듣고 있노라면 쉬엄쉬엄 간헐적으로 우는 것도 있고 쉬지 않고 계속 같은 소리로 크게 울어대는 것도 있어서, 어쩌면 우리가 몰라서 그렇지 꼭 우는 것만은 아닐지 모른다. 우리가 알지 못하는 저들만의 목청과 몸짓으로 벌이는 개구리들의 성대한 잔치, 우리가 알 필요조차 없는 저들만의 기쁨의 축제를 벌이는지도…. 어쩌면 흥겨움에 젖어 주체할 수 없는 감흥에 저리도 우렁차게 노래를 부르는 것은 아닌지 모르겠다.

청정한 바람이 온몸을 감미롭게 휘감아오는 초여름 밤, 수박 속살 같은 풋풋한 싱그러움이 물씬물씬 풍겨오는 신록의 정취 때문일까, 멀지 않은 곳에서 밤꽃 향기가 바람결에 밀려와 매달린다. 가까이서 맡으면 머리가 아플 만큼 진한 화향이지만 밤공기에 풀어진 꽃향기가 잘 익은 과일처럼 달콤하다. 아카시아꽃 무더기무더기 피었다 진 뒤 시샘하듯 피어나는 연둣빛 어린 하얀 밤꽃송이. 낮에는 꽃 위로 벌들이 점찍은 듯 앉아 꿀맛을 즐길 테고, 밀원이 많은 요즈음 양봉하는 사람들은 채밀하느라 손길이 바쁠 것이다. 이 아름다운 계절이 새삼 가슴 뭉클하니 눈물겨워진다. 심호흡을 하자 폐부 깊숙이 스며드는 상큼한 공기…. 무어라 표현할 길 없이 가슴 가득 벅차오르는 계절이 주는 포만과 충일이 눈시울을 덥힌다. 무심코 지나쳐버린 작은 동물들이 한꺼번에 토해놓는 절규로 아니 너른 자연의 무대와 어울리는 우렁찬 하모니로 가슴은 가랑비 내리듯 축축하게 젖는다.

중학교 2학년 때였다. 생물시간에 개구리를 가져가야 했다. 친구들과 학교 뒷산으로 개구리를 잡으러 갔으나 징그러워서 도저히 그놈을 잡을 수가 없었다. 친구가 어렵사리 잡아준 개구리를 깡통에 넣어 준비했다. 우리는 선생님 말씀 따라 개구리를 해부하기 위해 마취주사를 놓고 바늘 못으로 사지를 찔러놓았다. 잠시 후였는지, 바로였는지 메스로 개구리 배를 갈랐다. 배의 내부가 드러나자, 얇은 막에 쌓였던 개구리 심장이 벌떡벌떡 움직이는 것을 보면서 내 가슴도 쿵쾅거렸다.

그리고 선생님 설명을 듣는데 개구리가 책상에서 펄쩍 뛰어내리는 바람에 깜짝 놀라 그만 비명을 질렀다. 마취가 덜 되었는지 사지에 바늘 못을 꽂은 채 개구리는 펄쩍펄쩍 뛰면서 순식간에 어디론가 달아나 버렸다. 버둥거리는 개구리 다리도, 미끄럽고 뭉클하게 꿈틀거리는 몸뚱어리도 도저히 만질 용기가 없어 개구리 울음주머니 관찰이고 뭐고 나는 그 수업을 포기했다.

그 뒤로 얼룩무늬 예비군복 같은 몸뚱이의 개구리만 보면 그 때 심장이 벌떡거리던, 그러면서도 필사적으로 책상에서 뛰어내린 개구리가 떠오르고 식겁하여 가슴이 쿵쾅거리던 기억만 생생할 뿐 개구리에 대해서 무엇을 공부하였는지 알 수 없다. 다만 열다섯 살짜리 단발머리 소녀들에게 인기 최고였던 곱슬머리 생물선생님의 단정한 모습이 아련한 추억처럼 떠오른다. 하얀 칼라 검정색 교복의 우리들은 이제 그때 그 선생님의 나이보다 훨씬 지난 중년이 되었고 지금은 초로에 접어들었을 선생님이, 그 시절이 개구리 소리로 인하여 더욱 그리운 것이다.

개구리는 겨울잠 자는 겨울철을 제외하고는 논둑이나 밭고랑, 연못 물 위 어디서나 서식하는 양서동물에 지나지 않지만 여전히 나는 눈알 뒤룩거리며 흉물스럽게 생긴 개구리를 보면 질겁하며 놀란다. 그러나 생긴 모습과는 다르게 소리만은 모포기 무성히 자라고 신록 울연한 여름밤이면 더욱 세상이 떠나갈 듯 와자하게 울어대니 개구리 소리로 인하여 시골의 정취와 추억이 더 깊이 서리는지 모른다. 이런 밤이면 찐 감자나 옥수수의 구수함이 할머니의 체취처럼 그리워지고 도적이 담을 넘듯 훌쩍 뛰어넘어 온 듯싶은 세월이 영 낯설기만 하다.

쾌적한 공기와 푸름이 주는 신선한 안정감, 자연이 베푸는 서정에 우리의 심신은 더욱 청신하게 정화된다. 까만 밤하늘에 보석가루라도 흩뿌려 놓은 양 많은 별들이 빛을 발하는 때 온몸을 빨아들일 듯 숨막히는 고요보다는 이러한 소란스러움이 오히려 위안이 된다. 휘몰리듯 바쁘게 살아온 탓인지 이런 자연의 소란이 낯설지 않아 좋다.

이따금 지나는 행인의 발자국소리에도 예민한 신경으로 컹컹 짖어대던 개들도 잠들었나보다. 이슬 먹고 자라는 벌레들만이 제 세상을 만난 듯 촉각을 세우고 있는 이 시간에 하루는 서서히 마감을 서두른다. 손톱만큼의 어긋남도 없이 빈틈없는 세월이 등에 찬물을 끼얹은 듯 섬뜩하다. 아주 작게라도 함부로 처신할 수 없는, 어설프게 적당히 살아갈 수 없는 삶의 엄정함이 이 시간의 치밀함에 있는지 모른다. 가차 없는 세월의 깨달음 속에서 자기가 처한 위치를 분명히 알고 생을 사랑함은 얼마나 복된 일인가.

개구리가 운다.

먹빛 같은 어두움 속에서 별빛조차 어슴푸레 빛을 잃어가는데 못 견딜 그리움 안고 개구리들이 처연하게 목놓아 운다. 아니다. 넘쳐나는 기쁨 추스를 수 없어 이 밤 새도록 저들만의 향연을 베풀려나 보다. 우리가 알지 못하는 세계가 필경 저들에게는 있을 것이다.

매미 소리 벗 삼아

앞뒤로 열어놓은 창문으로 한여름 매미 소리가 '쏴아~' 폭포처럼 쏟아지고 있다. 여름 한 철 살다가 사라지는 것이 서럽다는 듯, 세상의 모든 소리 잠재우려는 듯, 오직 할 일은 이것뿐이라는 듯 열과 성을 다하여 목청껏 울어댄다. 하나가 울기 시작하면 기다렸다는 듯 일제히 한 목소리를 내는 것이 꼭 유리구슬 가마니를 거대한 가마솥에 쏟아붓는 것처럼 요란하다.

매미 가운데 우는 것은 수컷으로, 배의 안쪽에 있는 '고막(鼓膜)'이라는 얇은 막을 진동시켜 소리를 낸다. 복강의 대부분이 공명실로 되어 있어서 몸 크기에 비해 울음소리가 크다. 암컷 매미는 나뭇가지에 알을 낳는다. 1년쯤 지나면 그 알이 애벌레가 되어 땅에 떨어지고 애벌레는 땅속으로 들어가 나무뿌리 즙을 빨아먹으며 6여 년 동안 자란다. 다 자란 애벌레는 땅밖으로 나와 허물을 벗고 매미가 된다. 알에 서 매미가 되기까지 7년이라는 세월이 걸렸으나 기껏 세상에서 살다가 는 시간은 일주일 남짓에 불과하다. 세상에 까닭 없이 태어나는 목숨 은 없다는데 아무리 미물이라 해도 준비 기간에 비하여 성충이 되어 살 다가는 삶은 짧으니 매미 입장에서 보면 억울할 듯싶다. 그렇더라도 매미 소리 없는 여름은 상상할 수 없으니 여름을 상징하는 곤충이라 할 수 있다.

"오동꽃 우러르면 함부로 노한 일 뉘우쳐진다"로 시작하는 박용래 시인의 「담장」을 읽다가 맹렬히 우는 매미 소리를 들으면 나 또한 젊 은 날, 넘쳐나는 시간 주체할 수 없어 함부로 흘려보낸 세월이 아까워 진다. 그때나 지금이나 여일하게 들리는 매미 소리가 예전의 그 매미 는 아닐지라도 정신이 번쩍 드는 것이다. 젊음도, 세월도 무한정인줄 알았더니 어느새 예고도, 기약도 없이 흘러가버렸다. 시인뿐만이 아니 라 지나고 보면 인생은 누구에게나 뉘우칠 일만 남는다.

소리가 들리기 전에는 매미가 있는지 없는지 한 번도 그의 존재를 생 각하지 않다가 퍼붓듯 쏟아지는 소리의 질량에 순간 아연해진다. 무 언가 열중할 때에는 무심히 들리던 소리가 한유의 시간이 주어지면 와 락 달려들 듯 귀로, 머리로, 마음으로 잠식해 온다. 잊고 있던 중요한 일 생각난 것처럼, 조용하지만 준엄하게 타이르는 어른의 말씀처럼 불 현듯 마음이 다급해진다. 거부감 없이 받아들이는 것도 스쳐지나가는 미물에 대한 연민이며 필경 자연에서 비롯한 소리 때문일 게다.

이럴 때는 밀린 숙제를 하듯 책을 읽는다. 한창 직장일, 집안일로 동 분서주할 때는 마음 따로, 몸 따로 움직이니 책을 펼쳐놓은 채 잠들기

일쑤여서 늘 안타까웠다. 나이 들어 좋은 것 가운데 하나는 하고 싶은 일 할 수 있는 것이다. 홍명희의 『임꺽정』이 떠오른 것은 웅숭깊고 절묘한 우리말의 아름다움과 대하소설의 유장함에 빠져보고 싶기 때문이다. 태생부터 백정이라는 신분이 화인처럼 박혀서 옴나위할 수 없으나, 목숨이 붙어있으니 어떻게든 살아가야 하는 곤고하고 가련한 인생들의 이야기가 질박하고 찰진 입말의 수더분함으로 읽는 내내 즐거웠다. 그러나 조선일보에 연재 중이던 소설이 중단되었기에 한창 읽던 도중에 마무리도 안 된 채 미완으로 남은 공백을 바라보며 얼마나 서운하고 애석했는지 모른다. 작가는 8·15 이후 조선문학가동맹위원장으로 추대되었다가 민족의 분단을 막고자 남북 협상을 위해 월북한 이후 남하하지 못한 것으로 알려져 있다. 생존해 계시다면 당장 만나뵙고 싶을 정도로 소설은 구성지고 흥미진진하여 그걸 쓴 분이 존경스러웠다. 여름은 매미 소리 벗 삼아 소설에 몰두하기 좋은 계절이다.

코앞에 닥친 취업 문제로 밤낮없이 도서관에서 책과 씨름하거나 발등에 떨어진 불처럼 다음 학기 등록금이 절박하여 눈코 뜰 새 없는 젊은이들에게 이런 말이 남의 다리 긁는 소리나 자다가 봉창 두드리는 소리로 들릴 수 있겠으나 그래도 책은 젊은 시절에 읽어야 한다. 현실을 위해 지금의 구슬땀이 값지듯 정신의 자양분이 되는 독서도 필요한 것이다. 주어진 일을 성실히 할 때 화답하듯 보람이 찾아오고 성취감은 물론 자존감이 스스로에게 위안을 줄 것이다. 현실적인 문제가 해결되었다면 생활에도 완급이 필요하니 사고의 폭을 넓힐 수 있는 다양한 종류의 독서가 필요하다. 삶의 형태는 다양하게 펼쳐지면서 온갖 지혜를 요구하지만 모두 배울 수도, 가르쳐 줄 수도 없다. 단번에 결과를 바라는 독자들의 요구에 부응한 자기계발서나 취업, 창업의 책들이 쏟아져 나와 일시적 도움은 되겠으나 정신을 꿋꿋이 지키기에는 역부족임을 부인할 수 없으니 젊은 때일수록 역사나 철학서를 읽어야 한다.

요즘은 카페에서 차 마시며 독서하고 토론하는 '북카페'나 맥주 마시면서 책 읽는 '책맥족'이 젊은이들 사이에서 인기라는데 방법이야 어떻든 적이 흐뭇한 일이다. 책을 숙독하고 자신의 생각과 느낌을 여러 사람 앞에서 발표함으로써 생각을 공유하고 비판하는 것도, 남의 의견을 청취하는 시간도 바람직한 일이다. 더불어 작가의 의중을 찾아내고 책에 대한 안목과 가치를 키워가는 것은 독자의 몫이며 가슴 두근거리는 기쁨일 터이다.

푹푹 찌는 염천의 나날 속에서 여일하게 울던 매미가 쉬는 듯, 장막을 치듯 갑자기 소리를 뚝 그치면 천지가 고요해지고 수행자가 지켜야 할 잠언처럼 삶은 그대로 엄숙하고 엄연해진다. 전대미문의 사건사고가 판을 치는 세상에서 인간이 더욱 인간다워지기 위하여 인문학을 공부하자고, 정신의 지평을 넓히는 책을 읽자고 뜻있는 젊은이들이 소리 없이 외치고 있다. 따라가기 숨 가쁘게 세상은 빨리 돌아가고 온갖 유혹과 획책이 난무하는 현실에서 우리는 과연 무엇으로 정신을 오롯하게 할 것인가. 매미는 때맞추어 최면을 걸듯 온몸으로 소리치며 뭇사람들에게 각성을 재우치고 있다.

빨간 손수건

지난여름은 유난히 더웠다. 더위가 하도 기세등등하여 계절이 바뀔 것 같지도 않더니 아침저녁으로 제법 서늘해졌다. 우선 나들이옷부터 바꾸어야 해서 여름살이 옷을 정리하는데 옷 갈피에서 빨간 손수건 하나가 떨어졌다. 손바닥 두 개를 펼쳐놓은 크기의 타월 천은 방금 염료통에서 건져낸 듯 선명한 달리아 빛이다. 부드러운 밍크 면으로 직조하여 실용성은 있으나 쓰고 버리기는 삼가 저어되어 간직하였던 것이다. 이것이 아직도 있었다니 반갑고 다행스러웠다.

태안에서 살던 때였다. 해미읍성 서문 밖에서 자리개돌 귀환식이 있었다. 서산 성당 마당에 있던 돌을 원래 있던 자리에 가져다 놓는 조촐한 행사였다. 그날따라 초가을 날빛이 함초롬했고, 맑은 날씨지만 구름 그림자가 드리워 서늘했다. 많지 않은 사람들이 그날의 증인처럼 묵묵히 자리를 지켰다. 신부님께서 기도를 하고 돌에 축성을 하신 다음, 돌에 대한 내력을 진지하게 설명하셨다.

조선시대에 천주학을 믿는다는 것은 국법을 어겨 죄를 짓는 일이었다. 효를 중시하며 조상을 받들어 제사를 모시고 양반과 평민의 계급이 분명한 유교사회에서 모든 사람이 평등하다는 천주교 교리는 천부당만부당하여 어이없는 노릇이었다. 조정에서는 엄명을 내려 교인들을 잡아들였으나 사람들은 산속으로 숨어들어 교리와 신앙을 지켰다. 발각되기만 하면 감옥에 가두거나 처형을 했고, 배교를 하면 풀어주었다. 매질하거나 망나니들이 칼로 목을 치기도 하고 호야나무에 매달아놓아 시나브로 죽게 하였다. 그 광경을 감옥에서도 볼 수 있게 해 미읍성 안 감옥소에서는 창을 호야나무 쪽으로 내어 신자들을 회유하였으나 오히려 늘어나는 수를 감당할 수 없었다. 급기야 커다란 구덩이를 파서 한꺼번에 많은 사람을 생매장하였다. 나중에 그 모습을 본 사람들의 증언과 시신 발굴 작업을 하다가 등이나 다리뼈들이 모두 서 있는 것을 보고 그렇게 추정하고 있다.

당시 처형 방법 중 '자리개형'이 있었다. 마을을 오가는 시냇물에서 징검다리로 쓰던 돌에 산사람을 메어쳐 숨지게 했다. 자리개란 볏단 같은 것을 묶는 데 쓰는, 짚으로 만든 굵은 줄이다. 자리개로 곡식 단을 묶고 커다란 돌에 내려쳐 타작하는 일을 자리개질이라 한다. 이 자리개로 사람 몸을 옭아매고 넓은 돌에 태질하여 죽였으니 징검다리였던 넓은 돌은 자리개돌이 되어 사람 잡는 받침대, 처형 도구가 되었다. 피가 튀고 뼈가 부러지고 핏물이 시내를 이루며 흘러갔다. 시냇물이야 없어졌지만 뭇사람들의 발길에 수없이 채이다가 누군가에 의해 성당으로 옮겨지고 그곳에서 한유의 시간을 보내다가 그날 트럭에 실려 이 곳으로 온 것이다. 돌이라 하였으나 장정 키보다 크고 십여 명은 앉을 만하게 넓고 우람한 너럭바위이다. 비가 오는 날이면 아직도 불그스름하게 핏물이 번져 나온다고 한다.

귀환식이라 명명한 것이 거창하게 생각되지만 자리개돌은 핏빛으로 상징되는 순교정신을 확실하게 보여주는 증표이다. 해미 성당에서 준비했는지 그날 참석한 사람들에게 기념품으로 이 손수건을 나누어 주었다. 모서리에는 '자리개돌 귀환식 1986. 9. 11. 순교해미성당'이라고 쓰여 있다. 벌써 삼십 년의 세월이 흘렀다. 손수건을 분홍이나 노란색으로 하지 않고 빨간색으로 택한 것은 그대로 의미가 있으니 누군가의 사려 깊은 안목 같다. 다른 빛깔이었다면 그대로 소모품인 손수건으로 사용하다가 낡거나 잃어버려 벌써 없어졌을지 모를 일이다.

서너 해 전, 그곳을 다시 찾았다. 자리개돌 윗부분에 '순교자돌'이라는 글자를 커다랗게 음각으로 새겨 옆으로 뉘어 놓고 철책으로 보호막을 쳐놓았다. 무엇이든지 본래의 모습이 가장 자연스럽고 보기에 좋을 것이다. 제자리에 있을 때 의미도 있으며 그것이 또한 세상 이치이기도 하다. 결국 시간의 차이일 뿐 역사는 순리대로 돌아가기 마련이다. 세상의 온갖 풍상을 모두 겪어온 자리개돌은 오늘도 말없이 누워 찾아오는 성지순례객들에게 순교자들의 믿음을 전하고 있다. 돌이되 예삿돌은 분명 아닌 역사의 현장을 고스란히 간직한 무명 순교자들의 신앙의 표징인 것이다.

이 손수건이 있을 곳도 어쩌면 답답하고 숨 막히는 장롱 속이 아닐지도 모른다. 역사는 작정하고 만들어내는 물건이 아니라 물 흐르듯 흘러가는 세월 속에서 뭇사람들의 생각과 말과 행위가 그대로 찍히는 발자국, 뚜렷이 드러나는 족적 같은 것이다. 개인이나 나라나 마찬가지로 모든 언행이 그대로 역사가 될 것이다. 어느 해 가을날, 해미에서는 이런 일도 있었지, 물빛 고운 단풍잎 한 장 책갈피에 끼워 넣듯 예사롭지 않은 빨간 손수건 하나 곱게 접어 장롱 속에 넣으며 결코 가볍지 않은 세월의 무게, 순교자들의 신앙의 무게를 가늠한다.

누군들 부럽지 않으랴

포도주는 오래된 것일수록 친구는 오래 사귄 친구일수록 좋다고 한다. 나에게는 만나면 반갑고 고마운, 한동안 못 만나면 보고 싶고 그리운 친구가 있다. 어려서는 하루가 멀다며 만나고 지금은 날짜를 정하여 만나면서 우정을 이어오고 있으니 적잖은 세월이 흘렀다.

얼마 전, 그 친구에게서 전화가 왔다. 친정 부모님의 회혼례 기념으로 동기간이 문집을 내기로 하였는데 글을 한 편 써주면 어떻겠느냐고 하였다. 우리는 어려서 이웃에서 자라고 같은 초등학교 중학교를 다녔으니 부모님도 잘 알고 있기에 그러마고 흔쾌히 대답했다.

부모님께서 건강하게 생존해 계신 것도 고마운 일인데 두 분이 혼례를 한 지 60년이나 되었다니 얼마나 기꺼운 일인가. 이야기를 듣고 나는 두 분이 참으로 다복한 분이라는 생각이 들었다. 또한 친구의 큰언니가 동기간이 쓴 글을 모아 이메일로 보내주어서 두 분의 자손에 대한 사랑이 남다르다는 것을 알았고 자식들이 이렇게 부모님을 존경하는 집도 흔치 않을 것이라고 생각했다. 그리고 내가 결혼하게 되었을 때 실크 머플러를 주시며 하시던 친구 어머님 말씀이 떠올랐다. 친구는 나보다 먼저 결혼하여 서울에서 살고 있었는데 하루는 지나가는 나를 가게로 불러들이셨다. 소식을 들어 안다고 하시면서 색깔도 선명한 연둣빛 머플러를 선물로 주시며 "가서 잘 살어", 그분 특유의 억양으로 말씀하셨다. 다른 얘기도 하셨던 것 같은데 기억에 없고 이상하게 그 말씀만 아직도 또렷이 생각난다. 나는 그것이 썩 마음에 들어 애착을 가지고 오래 사용했고 어려운 일이 있어도 잘 견디어내야 한다는 마음을 가졌던 것도 사실이다.

친구네 집은 당시 온양에 살던 사람이라면 모두 아는 '신신 백화점'이라는 가게였다. 시내 한복판 넓은 자리에 옷, 가방, 장난감, 우산, 담배 등 여러 가지 물건을 팔며 아모레 화장품 대리점을 하는 커다란 상점이었다. 그곳은 식구들도 많고 손님과 가게 보는 사람들로 늘 북적였다. 그중에서도 언니가 없던 나는 언니가 둘이나 되는 친구가 부러웠다. 가겟방 한쪽에서 재봉틀로 바느질하던 친구 어머니 모습도 떠오르고 엄마나 언니가 만든 원피스를 입고 나풀나풀 뛰어다니던 친구의 어릴 적 모습도 생각났다.

두 분이 예사 분이 아니라는 것은, 내리 딸을 여덟을 낳고 막내로 아들을 하나 두었다는 것으로도 알 수 있다. 자녀를 낳을 수 있을 때까지 낳아 교육시키고 지금은 모두 안정된 생활을 하고 있는 것만으로도 대단한 일로 여겨진다. 요새 같이 가정이 해체되는 사회 분위기 속에서 자녀들이 모두 잘 살고 있는 것도 아버님의 성실한 생활 태도와 어머님의 자녀를 위한 지극한 마음, 불심(佛心)에서 비롯되었을 것이다.

언젠가 친구가 어머니께서 절에서 본 이야기를 들려주었다. 곁에 있던 나이 지긋한 할머니가 저만치 앞에서 걸어오는 사람을 보고 갑자기 "아이구, 우리 애기 오네." 반색을 하며 달려가 껴안았다. 알고 보니 여든이 넘은 할머니가 예순이 넘은 딸을 보고 한 소리였다. 그 말이 어머니께도 예사로 들리지 않았는지 그동안 가게 일에 묻혀 사느라 너희들에게 잘해주지 못한 것이 미안하다고 하셨단다. 어찌 친구 어머니뿐이겠는가. 나도 그 이야기를 듣고 부끄러웠다. 내 할 일을 한다고 아이들에게 다정스레 대해주지 못한 지난 세월이 미안했다. 아무리 나이를 먹어도 자녀는 엄마 앞에서 사랑스런 아기일 수밖에 없다는 사실이, 그 인연의 뜨거움이 가슴을 쳤다. 아무리 환갑노인이라도 엄마한테는 '우리 애기'일 뿐이라는 사실이 경전 같았다. 남의 아기가 아니라 내 아기로 이 세상에 온 아이들에게 어떻게 해야 하는가, 새삼 숙연했다.

십여 년 전에는 대전에 살고 있는 친구 둘째 동생이 조각 전시회를 한다고 안내장을 보내왔다. 서울대 조각과를 나온 그녀는 당시 주부로서 두 아이를 키우며 대학원에 다니며 작품 활동을 하고 있었다. 행여 잊을까 싶어 달력에 표시해 놓았다가 초대 날짜에 갔다. 작품들은 모두 비구상 쪽이어서 가슴에 쉽게 와 닿지는 않았다. 돌, 합성수지, 동, 스펀지 등의 소재를 자르고 붙여 기하학적으로 의미 표출을 하였다고 할까. '대응', '역반응', '단절', '허와 실' 등의 제목과 내용이 이해가 되지 않아 비구상 조각의 표현 방식이려니 생각하였다. 다만 자기 세계를 이루어가는 창작 활동이 얼마나 힘든 고뇌의 소산이었나를 가늠하며 그녀의 예술에 대한 애정과 치열한 삶의 자세가 더없이 어여뻐 보였다.

그런데 젊은이가 대부분인 전시회장에 새 양복을 차려입은 아버지와 분홍 한복 차림의 머리가 희끗한 어머니가 눈에 띄었다. 누가 봐도 그녀의 부모님임을 한눈에 알아 볼 수 있었다. 다가가 인사를 드리니 두 손을 마주 잡으며 무척 고마워하셨다. 그리고 나는 전시회장 여기저기에 놓여 있는 작품을 둘러보았다. 작품 귀퉁이를 돌아서는 순간, 분홍 한복의 어머니가 금빛으로 빛나는 작품의 동판을 껴안을 듯 감싸고 계셨다. 금속인 동 특유의 검은 분진이 묻어나는 것도 아랑곳하지 않고 작품 귀퉁이에 '仁子'라고 선명히 찍힌 딸의 사인을 아끼는 물건 꺼내보듯 한참을 들여다보더니 쓰다듬고 또 쓰다듬으며 서 계셨다. 그 모습을 보다가 나는 가슴이 뜨거워졌다. 일흔을 앞둔 노인들이 비구상 조각 작품을 이해하셨으리라고는 생각되지 않았다. 당신은 이해하기 어려운 일이라 해도 자식이 남들에게 인정받는 일을 한다는 것에 부모의 지지와 신뢰. 자식의 영광과 보람을 당신들의 영광과 보람 이상으로 받아들이며 기꺼워하는 마음이 고마웠다. 그저 내 딸이 이만한 일을 했다는 사실에 대견해하시는 모습이 가슴 서늘한 감동으로 다가왔다.

지난해 볕 좋은 가을날, 친구에게 전화를 걸었다. 뜻밖에도 회혼례를 맞은 두 분을 모시고 큰언니 내외랑 경주에 여행을 왔다고 했다. 나는 십여 년 전에 어머니께서 돌아가셨고 또 일 때문에 꼼짝없이 매어 있는 처지이기에 그런 친구가 진심으로 부러웠다. 그래서 "이 좋은 가을날 부모님 모시고 여행 다니는 네가 눈물이 날 만큼 부럽다"고 문자

메시지를 띄웠다.

　며칠 후, 두 분께서 경비를 모두 부담하여 딸들을 데리고 베트남으로 해외여행을 다녀오셨다. 흔한 말로 딸 두면 비행기를 탄다더니 이 댁에선 아버지께서 딸들 모두에게 비행기를 태워주셨다. 회혼례를 기념하여 딸 일곱 명을 데리고 부모님이 함께 여행하셨다는 이야기는 듣는 사람까지도 행복하게 한다. 아직도 산에 올라 운동으로 건강관리를 하고 경제적으로도 여유가 있어 자손들에게 짐이 되기는커녕 베풀며 사시는 두 분을 누구인들 부러워하지 않겠는가. 한 번뿐인 우리 삶을 어떻게 살아야 하고 노후를 어떻게 보내야 하는가, 다시 한 번 생각한다.

올가미

일상 속에서 잊고 있던 생각이 어떤 계기로 되살아나면 불편할 때가 있다. 나와 연관이 없더라도 그렇게 여겨지는 것은 우리가 사물이나 무생물이 아니라 사고하는 존재로서 성찰하고 비판하며 기록할 줄 아는 인간이기 때문일 것이다. 역사의 기록은 수백 년이 지난 지금도 멸실하지 않고 살아나 우리 의식을 흔들어 깨우며 각성을 요구한다.

사극 영화 〈최종 병기 활(活)〉을 보았다. 병기로서의 활이라면 한글로는 맞겠으나 한문으로는 '弓'이 맞을 텐데 굳이 '活'이라 써놓은 것은 어떤 의미가 있을 터인데, 궁사가 쏘는 화살을 말하거나 자유자재로 쏘는 화살의 움직임을 나타내는 복합적인 의미는 아닐까.

이 영화는 조선시대 최명길의 『지천집』에 기록되어 있는 신궁의 이야기를 바탕으로 만들었다. 과녁을 꿰뚫듯 명중하는 주인공의 활 솜씨와 날아가는 활의 묘미가 실감이 났다. 권력 다툼은 예나 지금이나 다를 바 없어 정적에 의해 아버지가 살해되고 주인공인 어린 남매만 남는다. 남매는 유물인 활을 가지고 아버지의 유언대로 아버지 친구를 찾아가 기거한다. 오라버니 남이는 공부를 한다 한들 역적의 자손이니 벼슬길에 나갈 수도 없어 '오늘 살다, 내일 죽으면 그뿐'이라는 자조적인 생각으로 활쏘기에 몰두한다. 과녁 맞추기는 정신 수련에 더할 수 없이 좋다던가. 타고난 재주를 갈고 닦으니 활쏘기의 명수가 된다.

세월이 흘러 아버지 친구 댁 자제인 서군의 끈질긴 구애 끝에 동생 자인의 혼례를 허락하고 남이는 길을 떠난다. 혼례가 진행되는데 난데없이 청나라 군사들이 몰려와 초례청은 아수라장이 된다. 청나라 군사들은 말을 타고 달리며 밧줄로 만든 올가미를 던져 사람 목을 낚아채서 강아지 모가지 끌듯 사람들을 끌고 간다. 다홍치마 원삼 족두리 혼례복 차림으로 자인도 그렇게 끌려가고 동생을 구하려는 남이의 목숨 건 사투는 시작된다. 동생을 잘 돌보라는 아버지의 유언도 있었지만 유일한 혈육인 자인은 남이에게 목숨과도 같은 존재였다. 무기도, 항거할 수 있는 힘도 없는 백성들은 죽든 살든 그대로 잡혀갈 수밖에 없었다. 청나라 군사들에게 끌려가는 동생을 구하기 위하여 쫓고 쫓기는 가운데 남이의 활 솜씨는 진가를 발휘한다.

"조선에 저렇게 활을 잘 쏘는 자가 있다니!"

활이 날아오는 방향을 예측할 수 없게 곡사를 사용한다는 활솜씨에 적군의 장수도 놀라 탄식한다.

"바람의 속도를 계산하는가?"

동생을 인질로 잡아 방패처럼 앞세우고 적장이 물었다.

"바람은 계산하는 것이 아니라 극복하는 것이다."

놀라는 기색 없이 적장을 향해 화살을 겨누며 남이가 말했다. 바람을 극복한다는 것은 바람을 염두에 두지 않고 화살을 자유자재로 다룬다는 말로 들렸다. 남이가 방향을 잡으며 화살을 돌려 쏘자, 화살은 자인의 머리를 피해서 키가 큰 적장의 어깻죽지에 깊숙이 박힌다.

1636년에 일어난 병자호란 수난의 역사 속에서 끈질기게 이어온 우리 민족의 생명력을 보여주고 싶었다고 감독은 말했다. 명나라와 연을 끊고 우리와 화친하자는 청을 거절하자 쳐들어온 청나라 군대였다. 아무런 대비 없이 맞은 난리 속에서 조선의 왕 인조는 남한산성으로 피신하고 청나라에 무릎을 꿇으면서 그들의 조건을 모두 들어주어야 했다. 치욕적인 역사라 할지라도 개인사도 있기 마련이라 물줄기는 아래에서 합쳐지면서 장강이 되어 오늘에 이른 것이다.

박진감 있는 이야기가 재미있다고 느낀 것도 잠시, 드넓은 벌판에서 오랏줄에 묶여 끌려가며 지치고 쓰러지는 백성들을 보며 한탄이 절로 나왔다. 그때 50만 명이나 되는 백성들이 포로로 끌려갔으나 나라는 그들에게 아무런 힘이 되지 못했다. 고생 끝에 죽거나 더러는 고향으로 되돌아왔다. 그때 고향으로 돌아온 여인들을 '환향녀(還鄕女)'라 이름하였다. 집에서는 어이없게도 그들의 심신이 온전하겠느냐며 받아들이지 않았다.

울분이랄까, 노여움이랄까 뜨거운 것이 가슴에서 치받아 오르며 그 당시의 조선 여인들이 불쌍했다. 고난 끝에 살아서 되돌아왔으면 덩실덩실 춤이라도 추면서 기뻐하며 맞아주고 보살펴 주어야 할 터인데 설상가상으로 남편은 이혼을 요구했다. 당시에는 이혼을 하려면 임금의 허락을 받아야했다. 그러나 정황을 이해할 수는 있으나 절개를 잃은 것으로 볼 수 없기 때문에 허락할 수 없다고 거절했다. 남편은 그것을 구실 삼아 첩을 얻어 아내를 멀리 하거나 아예 집에서 쫓아냈다. 그때부터 '환향녀'라는 말은 엉뚱하게 '화냥년'이라는 말로 변질되어 바람기 많고 행실 나쁜 여인의 대명사처럼 쓰였다. 고향으로 돌아온 사람이 여자뿐만이 아닐 터인데 여자에게만 그런 낙인을 찍어 오명을 남겼으니 억울하고 서러운 마음은 누가 달래줄 것인가. 당시 여자라면 누구도 피할 수 없었던 운명이다.

그렇다면 우리가 오랑캐라 얕잡아 보던 청나라 군사들만 우리에게 올가미를 던졌을까? 조선 사회의 남존여비사상과 신분제도는 여인들에게 인격을 옭아매는 올가미였다. 몇 백 년의 세월이 흐른 지금 역사적 사실 앞에 눈시울이 뜨거워지는 것은 여자라는 이유로 당한 고통에 공감하는 때문이고 상처를 주고도 아무렇지 않게 살아가는 이기적인 인간에 대한 적대감 때문이다.

지금은 사회가 변화하여 여자들의 행동이 자유로워지고 곳곳에서 남자와 동등한 대우를 받는다고 한다. 그러나 아직도 사회 처처에 산재해 있는 제도와 규범, 힘으로 이기려는 저급의 남성우월주의 속에는 여성비하의 잔재가 남아 있는 것을 부인할 수 없다. 여자를 예속물로 생각하여 자기 마음대로 하려는 남성들의 양심 불량이나 도덕 불감증이 도처에 만연하여 여자를 옭아매기 때문이다. 새삼스러울 것도 없이 여자들이 인간으로서의 자존감을 가져야 하는 이유이다.

목화솜 이불

"'열매 하나가 익어서 목화(木花)로 피어나면 네 양말을 짤 수 있는 실이 얼만데 그걸 따먹으면 되겠느냐?' 나무라며 눈물 글썽이시던 어머니의 눈빛이 선하다'는 어느 분의 글을 읽다가 가슴이 뭉클했다.

버리는 음식물 쓰레기가 연간 10조 원이라는 풍요의 시대에 살면서 불과 수십 년 전의 우리 어머니 세대 이야기가 너무도 어이없으면서 서글퍼 미안한 생각마저 들었다. 먹을 것이 없어 못 먹는 것이라 너무 먹어서 과체중과 비만으로 고민하는 현대인들에게 이런 글이 이해나 되는지 모르겠다.

50~60년대 우리나라는 먹는 것은 물론 입을 것까지 자급자족해야 했으니 목화 농사를 많이 지었다. 산비탈 사래 긴 밭에 순박한 산골 처자의 모습 같은 연분홍 목화꽃이 몽실몽실 수줍은 듯 피어났다. 연

분홍 꽃 지고나면 밤톨만 한 다래 열매 조롱조롱 열리는데 달착지근하여 먹을 만하였으니 당장 배고픈 철부지들이 주린 배를 채우려고 따먹곤 하였다. 먹을 것이 귀하던 시절이라 아이를 탓할 일 아니련만 입성 또한 귀하였으니 풋다래 따먹는 어린것들이 어른들한테는 야속했던 모양이다.

산비탈 자갈밭에 가을바람 선들거리면 딱딱하게 여문 열매에서는 참다못해 비어져 나오는 아이 웃음처럼 한여름 뭉게구름처럼 솜뭉치가 하얗게 피어올랐다. 여인들은 밤새도록 씨아를 돌려 목화씨를 빼내고 물레를 돌려 실을 자으며, 베틀에 앉아 무명을 짰다. 무명 피륙은 쪽박에 밤톨 같은 아이들 솜이불이 되고 동짓달 장작 패던 남정네 솜바지가 되고 종종걸음 아낙네 언 발 녹여주는 무명 버선도 되어 마음 넉넉한 사내처럼 제 몫을 다했다. 요즘 추위와는 비교가 안 될 정도의 엄동설한을 선조들이 견딜 수 있었던 것도 필경 보온성 탁월한 목화솜 넣어 지은 우리 옷을 입고 살았기 때문일 게다.

생활에 긴요하였으나 사라져가는 것이 한둘이랴만, 요즘 젊은이들은 목화 열매가 어떻게 생겼는지 알까? 열매에 있는 달착지근한 포도당 성분이 가을볕과 바람에 익어가면서 화학변화를 일으켜 섬유질로 변하면 면화가 된다는 사실을 혹시 기억할지 모르지만 의심스러운 것은 사실이다.

올해는 유난히 날씨가 추워 솜이불을 덮고 있다. 그동안 가볍고 보온성 좋은 거위 털 이불을 덮었는데 선득한 느낌이 들며 솜이불이 생각났다. 덮지 않은 듯 가벼운, 소위 구름 솜인 인조솜이나 명주솜은 무게감이 없으니 누른 듯 없은 솜이불의 푸근함이 좋기 때문이다. 아무리 좋다는 침구라 할지라도 체험으로 말하자면 따뜻한 잠자리로 목화솜 이불만 한 것이 없다. 천연섬유가 아니면 피부가 붉어지고 가려운데, 살갗에 닿는 면화 특유의 질감이 더없이 편안하다.

결혼할 때 솜이불을 여러 채 가져왔다. 너무 두꺼운 것은 덮을 수가 없어 솜을 덜 둔 중간 이불을 덮고 살았다. 여러 해 지나니 솜이 눌렸다. 몇 년 전에 솜틀집에서 솜을 틀어 이불 한 채로 두 채씩 만들었다. 목화솜은 기계로 틀어주면 솜이 탄력이 생기고 보온성이 커진다. 솜싸개를 안팎 면으로 싸고 보니 햇솜마냥 포근했다. 속을 뜯어 본 솜틀집 아저씨가 시중의 이불솜은 목화솜이라 해도 인조솜과 섞는데, 보기 드문 순수 목화솜이라며 찬사를 했다. 덮지도 않은 것을 틀었으니 새 솜과 진배없었나 보다.

내가 혼기에 접어들자, 작은어머니는 이태 동안이나 목화 농사를 지었다. 내리 아들만 여섯을 두어 며느리들이 시부모 이부자리를 해오기 마련이니 손 많이 가는 목화 농사는 안 지어도 그만인데 농사일 틈틈이 목화송이를 따서 광에 쟁여놓았다. 열여섯에 시집와 무서운 시어머니 밑에서 고된 시집살이를 견딜 수 있었던 것은 허물 덮어주고 가려주던 고마운 형님, 우리 어머니가 계셨기 때문이라 했다. 결혼하는 신부가 시댁에 예단으로 이부자리를 해가는 것도 허물을 덮어달라는 의미인데 당신은 혼수라고 해간 것이 이불 한 채와 입고 벗을 옷 몇 가지였다. 보잘 것 없는 혼수에 주눅 들고 일 못한다는 시어머니 지청구 속에서 오직 형님을 의지하여 살 수 있었다고 했다. 며느리들이 방에도 못 들어가고 부뚜막에 앉거나 서서 밥 먹는 것이 안 돼 보였는지 시아주버니인 우리 아버지가 앉아서 먹으라고 짚으로 도래방석을 짜주셨다고 고마워했다. 왜 서서 밥을 드셨느냐고 우문을 하였더니 빨리 먹고 일하라는데 철퍼덕 앉아 밥 먹다 언제 일하겠느냐, 그땐 시어머니가 무서워서 그랬다며 한바탕 웃으신다. 그래서 시집살이 안 시키려고 당신 며느리 여섯은 바로바로 딴살림을 내주었다 하신다.

구름 같은 목화솜을 무더기로 안겨서 그리 하였을까. 어머니는 내게 맘껏 이부자리를 해주었다. 녹색 양단에 홍색 끝동을 달거나 홍색 이불에 녹색 끝동을 달아 구색을 맞추었고 분홍, 노랑 차렵이불엔 모란꽃이 소담스러웠다. 얇게 솜을 두어 젓가락처럼 좁게 누빈 분홍 여름이불은 아무리 더워도 이불을 덮고 자는 내 성향을 아신 듯싶다. 30여 년 지났으나 한 번도 덮지 않은 황금색 금침은 아직도 그대로 이불보에 싸여 있다. 과년한 딸을 둔 어미의 입장이 되고 보니, 예단 이불은 물론 뽀얀 옥양목으로 호청을 시쳐 만든 이불을 쌓아놓고 흐뭇해하시던 어머니 모습이 떠오르고 이제야 두 분의 마음이 이해가 된다. 돈만 있으면 하루 이틀 사이에 척척 혼수를 마련할 수 있는 세상이지만 보내야하는 섭섭한 마음과 귀여움 받으며 잘 살기를 바라는 어른들의 지순한 마음이 예나 지금이나 다르겠는가.

내리사랑이라 했던가. 이불 한 채가 한이 되었던지 그 사랑은 엉뚱하게 조카딸인 나에게 이어져서 우리 아이들까지 덮고 자라 제 갈 길로 가고 올겨울 별난 추위 속에서 새삼 호사를 누리고 있다. 덕분에 이불 잘 덮는다고 생각난 김에 전화 드렸더니, 아들들이 서울에서 함께 살자 해도 살던 집 떠나기 싫어 혼자 사신다며 좋은 것 많은 세상에 버리지 않고 지금까지 지니고 있는 것을 오히려 고마워하신다.

이불로나마 시집살이를 면하라 하셨을까. 목화송이 다복다복 광주리에 담아 쟁여놓으셨을 부지런한 손길이 눈에 보이듯 선하다. 그보다 더한 마음 어디서 찾으리오. 오래되어 난방 시원찮은 아파트에서 훗훗한 이불 속 파고들며 이래봬도 나 이런 사람이야, 어깨 으쓱이며 재고 싶은 날이다.

물레를 돌리다

아파트 뜰에 토끼풀꽃이 하얗게 피어 있다. 바람결에 날듯 말듯 은은하게 번지는 풀꽃의 향기, 다복다복 피어 있는 작은 꽃송이들이 이계절을 풋풋하게 한다. 해마다 이맘때면 어김없이 피어나는 꽃무더기에서 보이지 않는 질서, 자연의 순리를 본다. 절기를 알아채고 때맞추어 피어나는 들꽃들이 그대로 대견스럽고 아름답듯이 주어진 자신의 삶에 열중할 때 우리 모습 또한 얼마나 아름다운가.

지난해 뇌성마비 장애를 가진 젊은이의 일기를 모아 책을 한 권 내었다. 말도 하지 못하고 먹는 것도, 입는 것도 자신의 힘으로는 아무것도 하지 못하는 사람이 생각만은 자유로워 한글을 깨치면서부터 일기를 썼다. 분량이 많아지자 자신의 이름으로 된 책을 한 권 갖고 싶어 했다. 그는 집을 방문한 본당 수녀님께 자신의 심정을 말씀드렸다.

일기를 본 수녀님께서 소원을 들어주기로 하고 원고를 가지고 오셨다. 수녀님의 주선으로 몇몇 뜻있는 사람들의 정성이 출판비로 모아지고 일기를 다 실을 수 없기에 내용을 선별하고 편집, 교정을 보는 일이 나에게 돌아왔다.

일기를 읽어본 후에 그를 만나려고 집으로 찾아갔다. 수녀님의 목소리를 듣자 그 젊은이가 반색을 하며 온몸을 굴리다시피 하며 일어나 앉았다. 늘 혼자 지내는 사람의 외로움이 물씬 묻어났다. 글씨를 쓰려고 그러모은 손이 자꾸 옆으로 달아나려고 하는데 혼신의 힘을 다하여 한 자 한 자 글씨를 쪼듯이 쓰는 것이 안쓰럽기 짝이 없었다. 글씨를 써보라고 한 내가 민망한 노릇이었다. 말 한마디 하는 데도 외마디 소리를 지르다시피 얼굴이 온통 일그러졌다. 이런 사람이 어떻게 글씨를 배우고 일기를 꾸준히 써올 수 있었을까, 생각할수록 신기했다. 한글은 누구에게 배웠느냐고 물었더니 형한테 배웠다고 했다. 그러나 몸은 마음대로 움직이지 못해도 책을 읽거나 그날그날 일기를 쓰거나 라디오를 들으며 하루하루를 보내고 있으니 참으로 다행이었다. 그는 건전한 사고와 순수한 마음을 가진 젊은이였다.

그의 글은 문장이 뛰어나거나 깊이가 있지는 않았지만 자신의 생각을 진솔하게 표현하여 읽는 이로 하여금 스스로를 부끄럽게 했다. 바깥세상은 온통 바쁘고 떠들썩한데 마냥 한가롭고 조용하고 맑은 삶이 그곳에 있었다. 무심히 바라보면 보이지 않으나 잠시만 눈여겨보면 돌 틈이나 풀숲에서 강한 생명력으로 아름다운 꽃을 무수히 피워 올리는 작은 들꽃처럼 그는 일기를 통하여 사념의 꽃을 무수히 피워내고 있었다. 마루로 기어나가 푸른 하늘이나마 마음껏 볼 수 있는 것이 얼마나 큰 행복인지, 보기 흉한 내 모습을 보고 다른 사람이 위로를 받는다면 얼마나 좋은 일인지 기꺼워했다. 사람의 행, 불행은 남들이 가늠할 것이 아니었다. 남들이 불행하다고 여기는 그는 성한 육신을 가진 사람이 보지 못하는 마음의 눈으로 이 세상을 아름답게 보면서 행복하다고 했다.

또 잊히지 않는 이야기가 있다. 어느 가을날 여학교 담 모퉁이를 걷는데 진달래꽃이 화사했다. 때아니게 웬 꽃일까 이상하여 뒤돌아보았다. 손수레에 가지런히 꽂혀 있는 분홍색 솜사탕이 꽃다발인양 소담스러웠다. 영락없이 흐드러지게 피어 있는 꽃무더기 같았다. 양철로 만든 손수레가 유난히 작아 보이기에 모로 돌아가 다시 한 번 바라보았다. 아, 그곳에는 난쟁이 아저씨가 잰 솜씨로 솜사탕을 만들고 있었다. 부풀어 오른 솜사탕 다발이 양철통 가장자리에 꽃송이처럼 꽂혔다. 아이들 장난감 같은 손수레가 아저씨 키에 딱 맞는 듯싶었다. 나도 모르게 황급히 발길을 돌렸다. 걸어오다 뒤돌아보니 아저씨는 솜사탕에 푹 파묻혀 보이지 않았다. 솜사탕도 아저씨도 그대로 한 무더기 꽃, 화사하게 어우러진 꽃이었다.

저 솜사탕이 대체 하루에 몇 개나 팔릴까. 아저씨가 나이가 좀 들어 보이던데 식구는 몇이나 될까, 저걸 팔아 생계는 이을 수 있을까, 나는 공연히 걱정이 되었다. 그러다 저 분이 저렇게 거리에 나서기도 쉽지 않았으리라, 생각했다. 어떤 이유에서든지 용기를 가져야 했을 것이다.

누구든지 그 사람의 처지가 되어보지 않고서는 진정으로 그 사람의 심정을 이해하기 어렵다. 굶주려 본 사람만이 배고픔이 사람을 얼마나 비참하게 만드는가를 알 수 있을 것이며, 건강을 잃어 병고에 시달려

본 사람만이 건강이 최고라고 생각할 것이다. 남하고 다른 모습을 가졌다는 것이 뭇사람들로부터 얼마나 따가운 시선을 견디어야하는지 같은 조건의 사람에게나 이해될 수 있는 것이다. 포도 위를 뒹구는 낙엽들이 스산한 가을날, 난쟁이 아저씨는 솜사탕물레를 돌리듯 생활의 물레를 돌리고 있었다. 나는 한 폭의 아름다운 그림을 본 듯 종일토록 그 환상이 지워지지 않았다.

　살아가는 일은 주어진 현실을 받아들이며 용기를 갖는 일인지 모른다. 삶에 대한 포기나 절망이 아니라 자신의 삶을 껴안을 수밖에 없는 어기찬 운명이며 사랑인지 모른다. 삶이 어찌 아름답다고만 말할 수 있으랴. 살아가노라면 문득 꽃으로 보이는 사람들이 있다. 신산한 삶 속에서도 지니고 있는 사고가 맑고 향기로울 때, 처해진 자리에서 최선을 다하는 모습들을 볼 때면 들꽃이 풍기는 강한 생명력과 조촐한 아름다움을 느낀다.

모시적삼

모시는 한여름의 시라던가. 까슬까슬하고 서늘한 감촉, 막힐 것 없이 드나드는 바람의 시원함과 섬세한 모시 올의 아름다움을 그렇게 표현한 것일 게다.

지난여름에 모시적삼을 해 입었다. 사제 서품식 때 성가대에서 한복을 입는데 매년 2월에 하던 서품식을 8월 초에 하게 되었다. 사제가 서품식 날 하루만 살다 죽어도 영광이라는 그날을 그동안 지켜보며 성소에 대한 부러움을 느꼈다. 평생 독신으로 살면서 청빈한 삶과 순명으로 교회와 하느님께 자신을 봉헌하겠다는 젊은이의 서약이 안쓰러우면서도 고마워 가슴을 적셨다. 새 사제에 대한 축하의 마음이 새 옷을 입고 싶게 했을까. 여름에는 모시옷 만한 것이 없을 듯싶었다.

언젠가 친정에 갔을 때 어머니께서 자그마한 보퉁이를 주셨다.

"갖다가 적삼을 만들어 입어라."

그 속엔 풀기를 빼고 바느질 솔기를 모두 뜯어놓은 남자 모시 두루마기 하나가 들어 있었다. 아버지 젊으셨을 때 입었다는 그것은 보통이에 싸여 몇 십 년 동안 어머니 농지기로 있다가 내게로 왔다. 나는 별 생각 없이 가져왔고 내 장롱 속에서 또 몇 년이 흘렀다.

그러다 이번에 생각났다. 앞길과 뒷길, 소매 두 개, 섶, 깃, 마, 고름 등 두루마기 하나에 필요한 모든 부분의 천이 그대로 있었다. 세모시는 아니더라도 별반 안 입었는지 모시 천은 성했다. 마름질이 다 되어 있는 두루마기를 없애야 한다니 아깝고 서운했다. 그러나 두루마기를 만든다 한들 지금 세상에 누가 입을 것인가. 이것을 입으셨던 친정아버지도, 오라버니도, 남편도, 자라고 있는 우리 집 아이들도 한여름 나들이옷으로 혹은 격식 차리려고 이걸 입을 사람은 이제 아무도 없다. 불편하고 비실용적이어서 자연히 사라져 가는 것이 어디 이것뿐이랴. 내가 없애야 한다는 것이 못내 마음이 편치 않아 그대로 장롱 속에 넣었었다. 두 번을 망설이다 하루는 용기를 냈다. 오래되어 누렇게 변색된 모시 천을 가루비누에 담그니 뽀얗게 살아났다.

어머니께서 모시옷 손질하던 대로 쌀풀을 묽게 쑤어 조물조물 푸새를 하였다. 꾸덕꾸덕 말랐을 때 개켜서 밟아 올을 세우고 다림질을 해놓았다. 모시는 올을 살려 손질을 해야만 바느질이 가능했다. 올을 살린다는 말은 씨줄과 날줄의 간격이 정확해야 한다는 말이다. 사려 놓은 모시천은 저고리 두 개가 넉넉히 나옴직했다.

어머니 것도 만들어 드린다면 얼마나 좋아하실까. 그러나 정신도, 수족도 불편한 어머니는 당신 몸 하나 가누기도 힘들어 이제 한복을 입을 수가 없다. 우리가 어려서 성당에 갈 때마다 새 옷을 갈아입혀주고 더 자라서는 깨끗한 옷 입고 가기를 성화같이 말씀하시던 어머니였다. 깨끗한 옷을 입으라는 것은 예수님을 모시기 위한 마음의 준비를 하라는 뜻이며 그것은 신자의 기본자세이고 예의였다.

초창기 한국 천주교회의 신앙생활에서 입을 옷이 없어 성당에 못가면 죄가 되지 않았다고 한다. 한 벌밖에 없는 옷이 입지 못할 만큼 더러운 경우나 피치 못할 사정으로 옷을 빨아 걸칠 옷이 없다면 주일을 궐해도 관면을 해주었다는 말이다. 물론 우리의 궁핍했던 시절에 있던 이야기이지만 그만큼 신앙생활에서 새 옷, 정갈한 옷에 대한 의미는 중요하고 신심의 외적 표현이었는지 모른다. 한여름 미사 보러 성당에 가시던 할머니와 어머니 모시치마에서 나던 푸새 냄새가 아직도 풋풋하다.

솜씨 좋은 아주머니가 만들어준 모시적삼은 바느질이 깔끔해서 정갈했다. 하지만 정작 서품식 날은 날씨가 너무 더워서 검정 스커트와 흰 블라우스를 입기로 해 한복을 못 입었다. 그러다 '성모 몽소승천 대축일' 미사에 가려고 남보라 깨끼치마에 진솔 모시적삼을 받쳐 입었다. 이 축일은 8월 15일로 한국 천주교회의 주보인 성모 마리아가 하느님의 어머니로서 부름을 받고 승천하였음을 기리는 날이다. 거울을 보다가 까닭 없이 부끄러워져 버선코를 내려다보니 슬며시 웃음이 번졌다. 어릴 적 어머니께서 설빔으로 다홍색 치마와 노랑 저고리를 만들어 입혀주었을 때 수줍어서 눈을 내리깔던 기억이 되살아났기 때문이다. 새 옷은 얼마쯤 쑥스럽고 어색하게 하던 기분이 아직도 여전하다. 누가 보아서도 무어라 해서도 아닌 마음 안에 내재해 있는 순수성이랄까, 무의식적으로 표출되는 인간의 본성이랄까. 새 옷이 어쩐지 쑥스러웠다.

"엄마! 주교님한테 예쁘게 보이려고 한복 입는구나."

어느새 들어왔는지 초등학교 일 학년인 막내 녀석이 한마디 던진다.

"아니다. 성모님한테 예쁘게 보이려고 입는다."

우리 성당은 주교좌성당이라서 대축일에는 주교님께서 오셔서 미사를 드리시는데 내가 평소에 안 입던 한복을 입으니 아이 눈에는 그렇게 보였나 보다.

톱톱한 모시적삼은 생각보다 훨씬 찬 느낌이어서 과연 안 입은 듯 가볍고 서늘했다. 흰 빛깔의 시각적인 아름다움까지 더해서 여름옷으로 일품이다. 안 입어 보았으면 이 느낌은 모를 것이다. 한복을 입으면 행동이 불편하긴 해도 의외로 마음이 차분해지고 몸가짐이 조심스럽다. 그래서 좀 덜렁거리는 편인 내가 한복을 자주 입으면 행동이 얌전해지고 조신해질까 싶다. 모처럼 산도라지꽃을 연상시키는 남보라 치마와 흰 적삼을 입다가 나는 멈칫, 놀랐다. 그것은 뜨겁지도 차갑지도 않은 내 신앙의 부끄러움을 감추려는 보호색인지도 모른다는 생각이 들었다. 이 느낌은 얼마동안 여운처럼 맑은 종소리를 내고 있었다.

빛나는 여름

주택가 골목길에 커다란 호두나무가 있다. 아기 주먹만 한 호두를 조롱조롱 매달고 담장을 넘어온 나뭇가지는 보란 듯이 골목에 그늘을 만들었다. 넓적넓적한 나뭇잎 사이로 보이는 연둣빛 호두알이 참다못해 터져 나오는 젊은이의 웃음처럼 싱그럽다. 식물에게 있다는 생혼(生魂)이 가장 왕성한 계절이므로 나뭇잎은 나날이 윤기를 더하고 천지는 신록으로 우거질 것이다. 사람도 육체의 성장은 물론 정신을 확장, 고무시키는 시기가 여름일 터이니 남을 위해 일할 때 영혼도 가장 빛날 것이다.

「위안부 할머니의 꿈 싣고 유럽에 갑니다」라는 신문 기사를 보았다. '일본군 위안부' 문제의 반인륜성을 세계에 알리고 전쟁과 인권유린이 없는 세상을 실현하는 일에 세계인의 관심과 지지를 호소한다. 6월 23

일부터 7월 15일까지 유럽 5개국 16개 도시를 옮겨 다니며 춤과 합창, 플래시몹, 대형 걸개그림 그리기 등 각종 퍼포먼스와 서명운동, 수요집회를 펼친다. 구성원은 주로 10대와 20대로 그동안 '위안부' 수요집회와 각종 서명운동, 대중행사를 통해 할머니들의 꿈을 실현하는 데 헌신해오던 젊은이들이다. 아르바이트를 해서 모은 돈으로 참가비를 내고 23일 동안 캠핑장에서 텐트 생활을 하며 숙식을 해결한다. 제네바에서 열리는 수요집회 이외에도 파리의 인권광장, 베를린 브란덴부르크 장벽, 스트라스부르 대성당 앞에서 캠페인을 벌인다.

이 기사를 읽으면서 우리 젊은이들의 폭넓은 사고와 행동하는 정의가 기특하고 믿음직스러웠다. 일제치하에서 열다섯 이쪽저쪽의 소녀들이 공부시켜준다거나 공장에서 돈 벌게 해준다는 바람에 일본 군인을 따라갔다. 그들은 세계 2차 대전이 한창 벌어지고 있는 중국 땅인 일본군 주둔지에 부려졌다. 어린 소녀들은 날마다 군인들을 상대하며 상상할 수도 없는 '위안부' 생활을 했다. 반항하면 두들겨 맞고 달아나다 붙잡히면 더욱 심한 매질을 당했다. 인권은 고사하고 감금당한 채 지옥 같은 나날을 보냈다. 어린 목숨들이 모진 매질과 병으로 스러지고 해방이 되어 몸이 풀려난 사람들은 그동안 어디서 무엇을 하며 살았느냐고 누가 물어 볼까봐 고향에도 갈 수 없었다. 입에 올리기도 부끄러워 차마 말할 수 없기에 숨기고 살아왔다는 이야기를 들으면 가슴이 먹먹해진다. 세상에는 억울한 인생들이 많지만 이 분들을 생각하면 울분이 솟구친다. 일제의 압박에서 벗어난 지 70년이 넘었으나 일본은 여전히 사죄는커녕 사실조차 인정하지 않고 있다. 얼마 전 조정래 감독이 '위안부' 할머니들의 이야기를 담은 〈귀향〉이라는 영화를 만들어 늦게나마 많은 사람들의 공감을 얻었다.

　매주 수요일이면 주한 일본대사관 앞에서 일본군 '위안부' 문제 해결을 위한 정기 수요집회가 열리는데 시작한 지 어느새 23년의 세월이 흘렀다. 나는 지난봄, 미루어두었던 숙제를 하는 기분으로 물어물어 수요집회에 참석했다. 도도록한 볼이 아리땁고 보는 것만으로도 귀엽고 애틋한 단발머리 소녀상이 누가 매주었는지 모를 노란 목도리에 파란 모자를 쓰고 단정히 앉아 있었다. 발치에는 꽃바구니와 작은 화분들이 위로처럼 놓였다. 지금 내가 누리는 평화가 고맙고 미안해서, 인간들이 저지른 야만스런 행위가 부끄러워서 무엇으로든지 위로하고 싶은 표시이며 정표들이다.

　서울 어느 초등학교에서 현장 학습을 나온 6학년 어린이들이 소녀상 뒤에 앉아 있었다. 어른들도 예서제서 모여들고 여는 노래를 시작으로 전교조 서울지부장의 인사말과 정대협(정신대문제대책협의회) 상임대표의 지금까지 경과보고가 있었다. 참가자의 자유발언이 있었는데 어느 대학생이, 전쟁은 일어나서도 안 되고 할머니들과 같은 피해자가 생기지 않도록 '위안부' 문제는 반드시 해결해야 한다고 분명한 어조로 말했다. 더구나 소녀상 철거 소식이 전해지면서 갑자기 사라질지 모르는 소녀상을 지키려고 뜻을 같이 하는 젊은이들이 침낭으로 한뎃잠을 자면서 릴레이로 지키고 있다는 말을 듣고 가슴이 뜨거워졌다. 요즘 젊은이들은 자신의 생각을 요약 정리하여 대중 앞에서 뚜렷이 밝히고 말한 바를 실천하려고 애쓴다는 느낌을 받았다. 세상은 늘 정의로운 일에 앞장서서 실천하는 누군가의 열정과 수고로 지탱해나가는지 모른다.

세상 모든 일을 나서서 할 순 없어도 누가 어디서 무슨 일을 하는 가, 관심가질 필요는 있다. 그것이 앞장서 일하는 사람들에게 힘을 보태고, 똑같은 일을 당했을 때 누군가 나를 도와줄 것이며, 더불어 사는 세상에 대한 자세이며 의무일 것이다. 내가 무관심하고 몰라서 그렇지 남을 위해 앞장서거나 앞으로의 또 누군가를 위해서, 더 나은 세상을 위해서 노력하는 사람이 의외로 많다. 지금의 문제는 언젠가 내 문제로 다가올 수도 있기에 관심을 가져야 하는 것이다.

정의와 평화에 대한, 인권유린 없는 세상에 대한 호소가 세계인들에게 감동을 주고 할머니들에게 힘과 용기를 드리기 기원한다. 전쟁이 나면 가장 피해를 보는 것은 말할 것도 없이 힘없는 어린이와 여자들이다. 전쟁으로 인한 억울한 인생이 더는 생기지 않도록 세계인들에게 자꾸 알리고 각성을 재우쳐야 한다. 이 행사에 참여하는 젊은이들이 몸이 자라듯 마음도 한 뼘씩 자라 빛나는 여름이 될 것이다.

파란 앞치마

　지난여름 삼성동에 있는 '성모의 집'에 갔다. 시내 본당마다 순번제로 봉사를 하는데 이번에 차례가 된 사람이 개인 사정으로 빠지게 되어 대신 참여하는 자리였다. 성모의 집은 천주교회 대전교구에서 '한마음 한몸 운동'의 일환으로 만든 자선단체이다. '동정성모회' 수녀님들이 맡아 일 하시는데 나날의 봉사자들이 수녀님을 도와 때를 거르는 할머니, 할아버지들께 점심을 지어 드린다. 그렇다고 무료급식소는 아니고 밥값으로 백 원씩을 받고 있다. 그것이 운영에 크게 도움이 되지 않지만 당신들도 돈을 내고 밥을 사먹는다는 자존감을 주려는 배려의 차원일 것이다.

　봉사자들은 대부분 가정 살림을 하는 주부들이다. 매주 하루씩 고정적으로 일하는 사람, 자기 차례가 되면 일하는 사람, 아무 때나 마음 내키면 이곳에 와서 하루를 보내는 사람도 있다. 그만큼 이곳에는 많은 손이 필요하다. 내 곁에서 장아찌 만들 채를 썰던 할머니 한 분은 집에서 속상한 일이 있으면 이곳에 온다고 하셨다. 며느리하고 가슴 복닥거리며 집 안에 있느니 필요로 하는 곳에서 남을 도우며 시간을 보내는 게 얼마나 좋으냐고 말하며 씽긋 웃는다. 여느 노인과 생각이 이토록 다른 이유는 봉사를 해본 사람과 아닌 사람의 차이일 것이다. 그분의 웃는 얼굴이 아침 햇살처럼 환하다.

정작 남을 위해 시간을 할애한다는 것이 그리 쉬운 일은 아니기에 이곳 봉사자들이 예사롭게 보이지 않았다. 와도 그만 안 와도 누가 무어라하지 않는 일을 찾아오게 하는 힘, 발길 돌리게 하는 연유는 무엇일까. 사람살이에 어떤 방법이나 공식이 따로 있겠는가, 국거리 배추를 썰면서 생각한다. 매일 다섯 식구 먹을거리만 준비하던 푼수로는 재료 모두 엄청난 양이어서 흡사 잔치 음식을 마련하는 것 같다.

이곳에 들어서는 사람들은 누구에게 물어 볼 것도 없이 앞치마를 찾아 두른다. 오늘 하루 이곳에서 봉사하겠다는 근로의 자세이기에 그 모습은 지극히 자연스럽다. 더구나 일머리를 찾아 자기 살림처럼 거침없는 게 감탄스럽다. 나는 주로 심부름만 하는데도 일이 손에 설어 흐르는 땀만 연신 앞치마로 훔쳐낸다. 한 끼니 식사나마 200여 명의 점심을 동시에 마련하려 열맷 명의 봉사자들로는 만만치 않으나 일하는 사람이 많으면 부엌이 좁아 걸리적거리기 십상이라 이 정도의 인원으로 적당하단다. 커다란 솥에서는 된장국이 설설 끓고 참기름 넣어 조물조물 무쳐놓은 무 장아찌의 고소함이 식욕을 돋우고 알맞게 졸여진 갈치는 윤기가 반지르르 흐른다. 수녀님이 척척 만들어내는 음식은 보기에도 맛깔스럽다. 더운 날씨와 가스불의 열기로 부엌 안은 온통 찜통 속 같은데 수녀님이나 봉사자들의 바쁜 움직임 속에는 보이지 않는 경쾌함이 있다. 이따금 창문으로 불어와 땀을 식혀주는 바람처럼 시원스런 느낌이 있다.

식사 준비를 마치자 봉사자 한 사람이 입구에서 먼저 온 순서대로 노인들에게 수저를 드리며 안내를 한다. 좌석의 수가 50명이라 한꺼번에 앉아 식사할 수 있는 수를 제한할 수밖에 없어 나머지 사람들은 밖에서 기다려야 한다. 먼저 들어온 분이 먹고 나가야 다음 분이 들어올 수 있으니 어느 분은 아예 아침부터 와서 줄을 서고, 서로 먼저 들어가려고 다투기도 하였다는데 지금은 질서가 많이 잡혔다고 한다.

언제 빨았는지 모를 정도로 땟국물이 줄줄 흐르는 중의적삼을 입은 할아버지는 무엇이 그리 즐거운지 연신 싱글벙글하며 혼자 중얼거린다. 시중드는 사람이 없는지 수족이 불편한 할머니는 철지난 스웨터를 입고 행색이 남루하다. 더러는 나들이라도 떠나는 양 말쑥하게 차려입은 노신사도 계시고 소문은 이미 들었고 수중에 돈은 없는지 노인이라기엔 좀 그런 아저씨도 눈에 띈다. 아무려면 어떠랴. 어차피 한 끼니조차 먹을 수 없는 사람들을 위한 곳이라면 어느 누가 찾아온들 대수이랴. 아무도 없는 집에서 혼자 밥 먹기 싫어 나온 이나 그저 사람 만나는 것이 좋아서 찾아온 이나 점심을 아예 모르고 살던 사람들이 모인 곳이다. 여러 사람들이 모이다 보니 차림이나 말씨처럼 사연도 가지가지이다.

남보다 많이 먹으면서 늘 밥 욕심을 부린다는 할아버지는 아무의 관심도 받지 못하는 소외감 때문인지, 배곯으며 살아온 지난날의 허기증 때문인지 계속 밥을 더 달라고 하신다. 나는 식판에 밥을 받아가는 분들에게 절편 네댓 개씩 담는 일도 했는데 어느 할아버지는 밥을 수북이 받고 떡을 받고도 더 달라기에 여남은 개를 더 얹어 드렸다. 노인의 식탐에는 어떤 삶의 곡절이 있는 것 같아 가슴 저릿하다. 절에 다니는 어느 아주머니가 보시하였다는 쌀 두 말의 절편은 그 날의 보너스 메뉴였다. 간혹 이렇듯 종파를 초월한 사랑의 선물도 들어온다는 성모의 집은 얼굴이나 이름을 드러내지 않으려는 사람들의 조심스런 마음과 참된 선행이 무엇인지 아는 사람들로 유지해 나가는지 모른다.

설거지를 끝내고 수저와 행주를 삶아 널기까지 눈코 뜰 새 없는 네댓 시간이 순식간에 지났다. 흥겨운 기운을 방향제 터트리듯 발산하기 때문인지 내내 화기애애한 분위기였다. 스스로 택한 봉사나 자선의 행위는 남보다 자신이 먼저 흥겨워진다. 찾아오는 분의 입장에서 생각하는 운영 방침과 서로를 감싸고 북돋아주는 탄력적인 언어, 생동감 있게 묵묵히 소임을 다하려는 정성스런 마음들이 환하게 빛 둘레를 이루었다.

일을 마치고 후줄근해진 앞치마를 풀어놓으니 어느새 슬그머니 들어서는 뜻밖의 손님, 가슴 가득 차오르는 충일이었다. 문을 나서며 공연히 열없어 올려다본 하늘이 수녀님의 앞치마처럼 그렇게 푸르렀다.

운명의 그 사람을

　나사렛 고을 성가정 성당으로 들어가는 입구에는 요셉 성인 청동상이 있다. 지팡이에 양 손을 얹고 생각에 잠겨 있는 성인의 양쪽 무릎은 순례자들이 어루만진 손길로 반질반질했다. 얼마나 많은 사람들이 만졌으면 몸체는 푸른빛인데 양 무릎만 금빛으로 빛날까. 걷다가 잠시 쉬고 있는 듯 고개 숙인 좌상이 유달리 푸근하고 진지하여 무슨 말이든지 토로하면 묵묵히 다 들어줄 것만 같다. 더구나 좌대로 받혀놓아서 약간 올려다보면 성인의 눈과 마주치고 내 손을 올려놓기에 딱 좋은 무릎의 위치도 맞춤 맞아 손으로 비비거나 머리를 얹고 기도드리기 십상이다.

　어려서는 요셉 성인이 마리아의 남편이고 예수님의 양부라는 정도만 알았다. 그러다 자신과 약혼을 한 마리아가 임신하였다는 사실을 알고 놀란 요셉이 세상에 일을 드러내고 싶지 않아서 남모르게 파혼하기로 작정하였다는 성경 말씀을 읽다가 깜짝 놀랐다. 요셉은 의로운 사람이라는 말이 신선하게 다가왔다. 세상에 이런 사람도 있구나. 불같이 화를 내지는 않더라도 어찌된 일이냐고 마리아에게 자초지종을 물어볼 수도 있는데 무슨 사연이 있나 보다, 혼자만 알고 조용히 해결하기로 마음먹은 요셉의 인품에 감화를 받았다. 그의 너그러운 마음과 마리아에 대한, 인간에 대한 배려가 더없이 고맙고 소중했다. 요셉이 파혼하기로 마음을 굳혔을 때 꿈에 천사가 나타나 그 몸에 잉태된 아기는 성령으로 말미암은 것이라고 일러주어 오해가 풀렸으나 어이없고 기막히게 황당했던 그의 기분을 어찌 알 수 있겠는가. 예수와 마리아, 요셉을 성가정의 표본으로 생각하고 기리는 것도 요셉이 말 없는 가운데 진중하게 행동하면서 성실하게 가장의 본분을 다하기 때문일 게다.

지금 내가 결혼 적령기라면 배우자 선택 기준으로 인물이나 직업, 경제력이 아니라 당연히 요셉 성인 같은 사람을 마음에 둘 것이다. 이만한 아량을 가진 사람이 흔하랴만 기본적으로 본성이 선하여 인간에 대한 예의를 지녔으니 어느 누구와 살아도 편안하게 할 분이기 때문이다. 요즘 세상에 이런 사람이 있겠는가. 있다 한들 내 차지가 되겠는가 하더라도 상대를 만나며 사귀는 과정에서 사람을 귀히 여기는 인성, 딱한 사람을 보면 측은지심을 느끼는 성품의 소유자를 찾을 것이다. 젊은이들의 결혼이 늦어지는 이유 가운데 하나는 고소득 직업이나 외모만을 선호하기 때문이라고 한다. 인성이 무시당하고 타인에 대한 배려가 웃음거리가 되는 세상, 돈이 으뜸이라고 목소리 높이는 현대사회에서 돈만으로 해결되지 않는 인간사는 얼마든지 있는 것이다. 인생에 대하여 성실하고 상대의 마음을 편안하게 하는 사람과 함께라면, 깊은 산골에서 땅을 파 먹고 그냥저냥 사는 것도 괜찮겠다 여겨지는 것이다. 인생을 다 살았다 해도 억울할 것 없다 여겨지는 나이다 보니 결혼 상대자로 제일 중요한 것이 무엇이라는 것쯤은 알았다는 말이다.

아는 분의 혼사가 있었다. 주례신부님은 미리 신랑과 신부에게 상대방 앞으로 보내는 편지를 써오라 일렀고, 두 사람은 각자 써 온 편지를 주례사 시간에 하객들 앞에서 읽었다. 먼저 신랑이, 마리아 너를 만나 행복하다는 말을 하면서 우리 잘 살자고 했다. 다음에 신부가, 눈물을 흘리며 편지를 읽었다.

"나는 언젠가부터 요셉 성인에게 당신 같은 배필을 만나게 해달라고 기도했어. 그런데 성인은 내 기도를 꼭 들어주셔서 마음 너그럽고 착한, 당신을 꼭 닮은 너를 만나게 되어 얼마나 기쁘고 행복한지 몰라. 지금까지 살아온 것은 너를 만나려는 기다림의 시간이었나 봐. 요셉, 고마워."

신부는 어려서 부모님이 돌아가셨기에 그동안 사는 데 어려움이 많았고 혼사 준비 또한 쉽지 않았을 터인데 눈물 속에서 읽은 편지 내용을 요약하면 그랬다. 처지가 안쓰럽고 사연이 애틋하여 하객들도 눈시울을 적셨다. 저 처자는 어린 나이에 어쩌면 저런 기특한 생각을 다 하였으며 확신을 가지고 얼마나 오랜 동안 기도하였을까. 드디어 하느님께서도 그의 기도를 들어주셨구나 싶어 부러웠다.

나는 결혼식에 다녀온 이야기를 딸아이에게 하였다. 가만히 듣고 있던 아이가 얼마 전, 청년회에서 피정을 다녀왔다며 그곳에서 주었다는 기도문을 보여주었다. 그것은 "어느 곳엔가 있을 하느님께서 정해주신 제 운명의 그 사람을 지켜주소서…"로 시작하는 「배우자를 위한 기도」였다. 아이는 그동안 앞으로 만날 젊은이를 위하여 기도하고 있었다. 아하, 나는 머리를 한 대 얻어맞은 느낌이었다.

하느님에 대한 전적인 믿음과 자신이 바라고 꿈꾸는 배우자에 대하여 기도하며 기다리는 진취적인 사고가 신선하게 다가왔다. 자식이라 해도 속마음까지 다 알 수 없으며 세상 이치를 모두 가르칠 수 없다. 직장 때문에 홀로 떨어져 살고 있으니 늦은 밤 아이를 생각하면 늘 캄캄절벽이어서 노심초사 좌불안석이었는데 제 앞가림은 하는구나 싶었다. 결국 딸아이는 운명의 그 사람을 만나 세례명을 요셉이라 정하고 예쁘게 살고 있다.

요즘 젊은이들이 평생 함께할 반려자를 제 마음에 맞는 사람으로 고르려는 것이야 당연하다해도 미지의 누군가를 위해 기도하고 있었다는 것은 뜻밖이었다. 그리곤 그들이 우리 세대보다 훨씬 지혜롭다는 생각이 들어 다양한 연령이 뒤섞인 세상이 새삼 불꽃이 튀어 오르듯 환해졌다. 아무려면 오랜 시간 마음으로 다진 간절함이 지극할 터인데 성원과 기도 속에서 만난 배우자를 함부로 할 것이며, 설령 상대가 잘못을 하였더라도 기분에 따라 단번에 무 자르듯 쉽사리 내치겠는가. 기도는 이미 인간의 문제일 뿐만 아니라 하느님과의 관계 안에서 이루어지는 사랑의 교감이기 때문이다.

고리

　역사 속의 훌륭한 인물이 아니더라도 평범하기 짝이 없는, 사회적으로 천하게까지 여겨지던 사람의 최후를 상상해 본다는 것은 의미 있는 일이다. 그것도 완전한 타인이 아니라 현대를 살아가는 후손인 우리와 연대를 이루어 인연의 고리를 짓고 있다고 생각하면 더욱 그랬다. 그건 분명 과거와 현재를 잇는, 조상과 나를 연결하는 소중한 인연의 고리였다.

　추석이 지나고 보름 후, 시댁의 대산소라는 곳으로 성묘를 갔다. 부여군 충화면 천당리에 있는 그곳은 시댁에서도 버스로 40여 분 가서 다시 산속으로 20여 분 걸어 올라갔다. 몇 년 전부터 이씨 문중 사람들이 일 년에 한 차례씩 그곳으로 성묘를 가는데 이번에 함께했다. 서울 사시는 분들이 주축을 이루어 가을 나들이를 겸한 집안 행사였다.

시댁이 있는 금사리 성당에서 연미사를 드리고 산으로 향했다. 환영 인파인 양 길섶에 코스모스가 만발하고 맑은 가을 하늘이 유감없이 푸르렀다. 어린아이부터 칠순이 넘은 노인까지 사촌, 육촌, 팔촌의 일가들 60여 명이 산속 오솔길로 행렬을 지어 올랐다.

산소는 의외로 초라했다. 봉분도 크지 않고 묘의 수도 많지 않으며 토질이 나쁜지 떼도 무성하지 않았다. 삥 둘러쳐진 소나무 숲에 숨겨 놓은 듯 봉분 4개와 비석이 오도카니 앉아 있었다. 적막하던 그곳은 갑자기 몰려온 한 무리의 사람들로 소란스러웠다. 잠시 앉아 땀을 들이고 기도를 올렸다. 그리고 고향을 지키며 사시는 제일 연장자인 시아버지께서 어눌하지만 진지하게 묘에 대하여 설명을 하셨다.

위로 거슬러 6대째 되시는 할머니의 홑묘와 세 아들의 합묘에 대한 것이지만, 정작 내용은 그 할머니의 남편 되시는 이화만(바오로) 할아버지의 묘가 없는 이유에 관한 것이었다. 나라에서 천주교인에 대한 박해가 한창이던 1866년, 이른바 병인박해 때이다. 그해 정월에 화만 할아버지는 남포에서 잡혔으나 배교하고 나왔다. 그러다 충청도 수영, 지금의 갈매못 성지에서 군문 효수를 당한 다블뤼 안 안토니오 주교와 동료 신자의 시신을 아들과 함께 몰래 가져와 인근 야산에 암매장하였다가 다시 모셔와 자신의 담배 밭에 안장하였다. 그것이 발각되어 서울로 압송되고 두 아들, 장남 이끼수(38세)와 차남 그레고리오(28세)과 함께 치명하셨다고 했다. 당시 할아버지의 나이는 65세였는데, 증손인 이우철 신부님이 세우신 묘비에 그 내용이 적혀 있었다. 시댁에 와서 나는 영인본으로 된 『치명일기』를 찾아보았다. 그 페이지는 반으로 접혀 있었고, 134번, 135번, 136번에 기록되어 있는 것을 확인할 수 있었다.

『치명일기』는 1866년 병인년에 천주교인에 대한 박해로 목숨을 잃은 순교자들의 명단과 그 약전을 수록한 책자이다. 1895년 을미년에 조선교구 8대 교구장인 뮈텔 주교(Mutel, G. C. M.)가 순교자들에 대한 자료를 수집하여 장차 이들을 성인품에 올리기 위해 확실한 증거를 얻고자 만든 것이다. 한지에 순 한글로 쓰인 치명일기는 누렇게 변색되어 얼룩지고 뒷면 몇 장이 찢겨나가기도 했지만 100년 가까운 세월을 잘 간수해온 어른들이 고맙게 여겨졌다.

그리고 바오로 할아버지가 한 번 배교를 하였다는 대목에서 인간적인 연민이 느껴졌다. 인간적인 눈으로 볼 때 무지하다고 할 수 있는 사람이 보이지 않는 신에 대한 사랑을 몸으로 표현한 그 열정은 과연 무엇이었을까. 하느님에 대한 사랑 표현 방법에 그저 고개가 숙여질 뿐이다.

이씨 집안에 시집와서 가까운 집안 산소에는 가보았지만 대산소라는 곳에는 처음 가보았고 그동안 무명 순교자 집안이라 해도 그런가 보다 했었는데 생각을 달리하게 되었다. 수없이 죽어간 사람들 속에서 시대를 잘못 타고난 피할 수 없는 상황과 그럴 수밖에 없었던 운명 정도로 생각했었다. 절실한 느낌이 없어 감이 닿지 않는 답답함이었다. 그러나 망나니의 칼에 목이 잘린 숱한 사람들 속에서 시신조차 찾을 수 없이 숨겨가던, 그 순간의 할아버지 마음을 가늠해보는 것은 무서운 일이었지만 한편으로는 감동이었다. 하나밖에 없어 소중하다는 목숨이 가을바람에 낙엽 떨어지듯 스러져 쓰레기처럼 묻혔다는 사실에 지극히 인간적인 회의가 일었다. 그러한 상황에서 순교자가 될 수도, 고개 돌리고 오욕스럽게 죽어갈 수도 있다는 선택의 여지는 순전히 본인 의지에 달려 있기에 누구도 장담할 수 없을 것이다.

순교자가 될 수 있는 것도, 영광의 반열에 드는 것도 하느님의 섭리이거나 그분의 은총 속에서 가능한 일이었다. 그런 시간 또한 십자가의 삶을 온전히 살아낼 때 주어질 것이다. 지금까지 하느님을 외면하지 않고 살고 있음은 보이지 않는 누군가의 보살핌 때문이었다. 이만큼이나마 누리며 살고 있는 호사가 조상들의 음덕 때문일지도 모른다는 생각은 일찍이 느끼지 못했다.

뜻밖의 깨달음이었다. 흩어져 살고 있는 친척들이 일 년에 한 번씩 연중행사처럼 한 조상 아래 만난다는 것은, 오랜만에 정을 나누며 결속을 다지는 계기가 되고 자라는 아이들에게 교육적인 효과도 있을 것이다. 바쁘게 살아가는 현대인들에게 이런 시간은 자신의 근간을 확인해보는 일이며 신앙을 점검해보는 기회가 될 것이다.

때로 사는 것이 짐스럽다 여겨질 때 누군가 보이지 않는 곳에서 지켜보고 있다는 느낌은 나를 올곧게 추스를 수 있는 힘이 되지 않을까. 하느님과 나를 이어주는 조상들의 사랑의 고리가 내 생 최후의 순간까지 아름다이 맺어지기를 희원한다.

수산나 피정의 집

성환 성거산 성지에는 작은 성당이 하나 있다. 산속에 감추어 놓은 듯 아담하고 소박한 모습이 인상적이다. 백여 명이 앉을 수 있는 일 층은 조촐한 성전이고 30여 명이 숙식하며 피정하기에 안성맞춤인 지하는 피정의 집이다. '수산나'라는 세례명을 가진 분이 봉헌하여 '수산나 피정의 집'이라고 명명하였다. 그는 오래전부터 시골에 작은 성당 하나를 짓고 싶은 꿈이 있었다는데 이번에 꿈을 이룬 셈이다. 성지 또한 겨울에 찾아오는 순례자들이 야외에서 미사드릴 수 없어 성전이 필요하였기에 여간 잘된 일이 아니다.

봉헌 미사에 참석하며 기쁘고 고마웠다. 새 성전 미사에 처음 참석하는 설렘과 수산나라는 분의 하느님 사랑에 대하여 부러웠다. 얼마나 넓은 마음이기에 성전 봉헌이라는 큰 생각을 할 수 있었을까.

우리나라 서민 가정 경제라는 것이 가가호호 기천만 원의 부채는 예사로 안고 살아가는 게 현실이다. 자식에게 하다못해 방 한 칸이라도 얻어주려고 애면글면, 노심초사, 전전긍긍하는 필부필부(匹夫匹婦)의 입장에서 보면 그만한 재력은 물론 여건과 정황이 부럽기 짝이 없는 노릇이다. 재력이 있다하여 모두 이런 마음을 갖기는 어렵고 꿈을 이룬다는 것 또한 쉽지 않다는 것을 잘 알기 때문이다. 좋은 일에 행여 섭섭한 마음이 끼어서는 아니 되겠기에 가족의 동의가 있어야 할 것이다. 기부 문화가 활발한 외국에서는 그동안 받고 누린 감사한 마음에서나 재산의 사회 환원이라는 명분으로 성전을 봉헌하는 사람이 있다는 얘기를 들었다. 하지만 나로서는 처음 접한 소식이고 당사자를 직접 가까이서 뵐 수 있어서 반가웠다. 나이 지긋한 어른의 인상이 맑고 온화해보였다.

성당은 제대 앞면이 온통 유리로 되어 있어 환했다. 부활하신 예수님 조각상을 얼마쯤 떨어져 밖에 모셨는데 안에서 유리를 통해 정면으로 보였다. 성당은 작지만 밖에 계신 예수님으로 하여 공간이 훨씬 확장되는 느낌이 들었다. 멀리 보이는 산천초목을 아우르고 서 있는 발 위치까지 유리로 되어있는 옆 창문을 통하여 가까이에 있는 들꽃까지 불러들여 시각적으로 풍성했다. 기도하는 공간이 폐쇄적이지 않고 개방되어 자연과 인간이 유리되지 않도록 일치를 이루어 안정감을 주었다. 건축물은 주위 환경, 특히 자연과 조화를 이룰 때 가장 보기 좋고 아름답다는 건축의장(建築意匠)이 독별했다. 환경 친화적인 설계로 인하여 우주만물의 주인인 조물주의 의미가 새롭게 다가왔다.

보편을 벗어난 새로운 모습은 낯설기 마련이다. 너무도 당연하지만 잊고 있던 진리가 쿵, 천둥 치듯 다가오며 혼들어 깨웠다. "평안하냐?"(마태 28:9) 부활하신 예수님이 여인들에게 나타나서 처음 한 일성이 이곳에서 들렸다. 평안하였다. 주교님이 제대와 성당 벽 곳곳에 도유 예식을 하고 성수를 뿌리며 분향으로 축성을 하셨다. 제대 보를 덮으며 촛불을 켜고 제대가 꾸며졌다. 그제야 성당 전체에 불이 들어왔다. 부활하신 예수님과 성거산 성지 개발에 혼신을 다하고 있는 이곳 신부님의 열정에 힘을 실어주는 후원자들과 함께 드리는 미사였다. 영신의 휴식처인 이곳에서 십자가를 이기고 부활하신 예수님의 모습으로 우리도 일상의 어려움을 이겨내어 부활해야 한다는 주교님의 말씀도 의미가 새로웠다.

아빌라의 성녀 데레사가 쓴 『영혼의 성』에는 우리 몸의 영혼을 예수님이 거하시는 궁성으로 묘사하고 있다. 일곱 궁성으로 되어있고 성문은 기도와 옳은 생각으로 통과해야 하는데 온갖 벌레와 해충, 마귀들이 진을 치고 방해하기 때문에 문 안으로 들어가기가 쉽지 않다. 그것들은 세상에 대한 집착으로 자기가 좋아하는 것을 버리지 못하고 성 밖에서 노느라 정신이 팔려있는 우리들을 빗대어 말한다. 궁성 안으로 들어가기만 하면 새로운 세계가 열린다. 성안으로 들어가려는 결심을 하는 순간 마귀들은 힘을 잃고 우리는 기도에 열중하게 되어 자비의 임금님 품에 안겨 황홀경을 맛볼 수 있음을 당신 체험으로 말씀하신다. 삼위일체이신 하느님 현존 안에 머무를 때 지상에서도 천국을 느끼게 되고 당신 모상으로 창조된 우리가 얼마나 존귀한 존재인가 깨닫게 된다. 영혼의 성은 결국 내 안에 있는 것이고 내 영혼이 예수님이 거처하시는 성전인 것이다.

성당은 사제가 미사를 드리는 곳으로, 성체성사를 통하여 오시는 하느님을 만나기 위해 몸과 마음을 모으는 기도의 장소라 할 수 있다. 그리고 보면 성전 봉헌만 부러워 할 일은 아니다. 그 또한 보통 사람으로서는 할 수 없는 훌륭한 일이나 모두가 그리 살 수는 없는 일 아닌가. 연기처럼 사라질 세상의 허명에 마음 기울일 것이 아니라 애타게 기다리시는 내 안의 예수님을 만나기 위해 현세에 일고 잦는 자기 십자가를 기꺼이 받아들이는 일이다. 우리가 가진 것이라고는 당신께 받은 것밖에 없다는 것을 깨닫고 하시는 말씀에 귀 기울이는 일이다.

감미로운 햇살 천지간에 무량으로 풀어놓는데 연둣빛 어린 잎사귀 조는 듯 깨어나고 있다. 봄볕에 깨어나는 것이 어찌 초목뿐이랴. 교만과 악습을 벗어던지고 하느님과 이웃사랑으로 새롭게 태어나는 것이 현대를 사는 우리의 부활이라고 미풍에 흔들리는 요람처럼 가만가만 흔들어주고 있다.

수도원에서

버스에서 내리자 매화꽃이 먼저 반긴다. 자잘하게 피어난 꽃들이 신기하여 일부러 들여다보았다. 검은 나뭇가지에 점점이 매달린 하얀 꽃송이들이 종이를 접어 붙여놓은 것 같다. 남녘이라 그런가. 3월의 맵찬 바람 속에서도 꽃망울이 텄다. 다른 가로수들은 헐벗은 나뭇가지 그대로이고 바람은 사정없이 불어댔다. 길이 좁아 대형버스가 들어갈 수 없으니 일행은 승합차에 옮겨 탔다. 쓰러질 듯 서 있는 돌담들이 옹기종기 모여 있는 마을을 지나 얼마를 산속으로 더 들어갔다. 멀리 보이는 붉은색 수도원 건물이 고즈넉했다.

사순시기를 맞아 1박 2일 피정을 갔다. 짐을 풀고 처음으로 수도원 전례에 참석했다. 각자 소임대로 일을 하던 남자 수도자들이 숨어 있다 나타난 듯 한꺼번에 성당으로 모였다. 보이지 않는다고 아무도 없던 것은 아니었다. 우리는 수사님들과 얼마쯤 떨어진 뒤에 앉아 함께 삼종기도를 하고 성무일도 낮 기도를 하였다. 원장 신부님이 의자를 두 번 치는 것으로 기도가 시작되고 첫 음을 멜로디언으로 눌러주었다. 노래로 하는 기도였다. 찬미가는 기쁨에 찬 소리기에 음이 높다는 데 용케 따라하는 사람도 있었지만 남자들의 고음을 따라 하기에는 무리였다. 양쪽으로 나누어 계(啓), 응(應)을 하는데 사람 수에 비하여 소리가 무척 힘이 있고 우렁찼다.

모자 달린 갈색 수도복을 입은 수도자들이 열대여섯 명쯤 되고, 모자 달린 티셔츠에 두툼한 조끼를 입은 학생이 두 명 있었다. 수도원에 갓 들어온 젊은이 같았다. 나도 모르게 눈길이 가고 부러움과 안쓰러움이 함께했다. 성소에 대한 부러움이고 젊은 나이에 세상의 희로애락을 포기한 안타까움이라 할 수 있다. 이 나이만큼 살아온 자의 세속적인 기준임을 왜 모르겠느냐마는 여러 갈래의 인생에서 하느님 대리자인 사제나 수도자로서의 삶만큼 영광스러운 것이 있으랴. 부디 지금의 지순한 마음들이 세상 마지막 날까지 이어지기를, 젊은이를 위한 기도가 절로 나온다.

기도가 끝나자 수도자들이 제대 정면을 향하여 목례를 하더니 하나, 둘씩 나가기 시작하였다. 들어올 때는 몰랐는데 맨발이다. 긴 수도복 아래 하얀 맨발은 놀랍고 당황스러웠다. 성당 안은 마룻장이다. 내가 어렸을 때도 성당은 그랬기에 밖에서 맨발로 놀다가도 성당에 가려면 깨끗한 양말로 갈아 신는 것이 예절이며 습관이었다. 더구나 나는 이곳에 도착하자마자 선득하니 발이 시려 양말을 하나 더 껴 신기까지 했다. 발이 시리면 온몸에 한기가 돌아 금방 기침이 나오기 때문에 스스로의 미봉책인 것이다. 희생과 극기를 몸으로 실천한다는 맨발 수도회의 모습이구나. 미안한 마음으로 바라보니 여느 젊은이나 다를 바 없이 천연스레 밝다. 일정이 끝날 때 누군가 그들의 맨발에 대하여 지도 신부님께 여쭈어보았다. 양말을 신지 않는 것은 초기 수도자들의 수행 방법이었지만 지금은 규칙도 아니고, 젊은이들이 양말 빨기가 싫어 맨발로 다닌다고 말씀하셔서 우린 한바탕 웃었다. 엄격하고 경건한 분위기라 해도 유머는 있기 마련인가 보다. 그러고 보니 양말을 신은 사람도 있었는데 설령 규칙이 아니라 하더라도 두 가지 다 이유는 될 것 같았다.

명색이 침묵 피정이어서 자연히 지금의 나는 누구이며, 무엇하러 여기 왔는가 생각하기 마련이다. 모든 사물은 그것을 만든 사람이 가장 잘 아는 법이다. 구조와 용도는 물론 관계까지도 조망해 볼 수 있는데 하물며 사람임에랴. "주님께서는 모든 것을 제 목적대로 만드셨으니"(잠언 16:4) 따라서 나를 만든 분의 말씀대로 살아가는 것이 그리스도인으로서의 책무일 것이다. 날고 뛰어보아야 피조물이라는 인식은 삶의 자세부터 다르게 한다. 온전히 나를 맡기고 발걸음 이끄시는 대로 살아가는 일. 그걸 깨닫기까지 적지 않은 세월이 흘렀다. 마음공부나 수련이랄 수도 있지만 그동안 수없이 들어온 복음 말씀들이 이제야 가슴을 치는 것도 알 수 없는 일이다.

저녁기도도 수도자들이 일제히 들어와 아까처럼 리듬에 맞춰 시작하였다. 스테인드글라스에 비껴드는 석양빛이 아름다웠다. 현대 기법으로 부조한 십자가상 예수님과 그 위의 작은 붉은색 창유리도 조명처럼 운치 있었다. 기도 소리가 천상의 소리처럼 신비스러워 불현듯 세

속의 시름을 벗어놓고 여기서 살고 싶다는 생각이 들었다. 감미롭다 할까, 평화롭다 할까. 원래 그랬을지 모를 원초적 유순함이 가슴 밑바닥에서부터 차오르는 듯싶었다. 옛말에 '절에 가면 중이 되고 싶다'더니 딱 그 짝이었다. 저녁에는 각자 방에서 하느님께 봉헌문을 쓰는 시간이었지만 고백성사를 청했다.

우리는 주말부부이다. 지난주에 집에 온 남편이 밖으로 나돌기만 하는 것이 못마땅해서 내가 한 마디 한 것이 화근이 되어 싸웠다. 감정을 풀지 않은 채 월요일 새벽에 그는 떠났다. 별거 아닌 것으로 따지고 마음 상하는 것이 싫어서 까짓것 사과하고 말아야지 생각하면서도 도무지 말하기가 싫었다.

칸막이 없이 마주 앉아 죄를 고백한다는 것은 쑥스러운 일이다. 자상한 수도원 신부님은 얘기를 모두 듣더니 보속을 주시며 나보다도 더 진지하셨다. "예수님이 시골에 갇혀 지내기 답답하고 심심하셨나 보네요. 좋아하시는 것 두 가지 해드리세요." 하마터면 푸, 하고 웃음이 터질 뻔했다.

이튿날 미사 후에 봉헌문 낭독이 있었다. 한 사람씩 제대 앞으로 나가서 무릎 꿇고 앉아 어제 쓴 것을 읽었다. 모두 진솔하게 속마음을 드러내 읽다가 흐느끼기도 하고 감정이 북받치는지 중단하기도 하였다. 자기가 쓴 것을 읽는데 뭐 울기까지 할까, 의아스러웠는데 정작 내 차례가 되어 앞으로 나가자 왈칵 가슴에서 뜨거운 것이 솟구쳤다. 내 의지대로 살아왔다고 생각되는 지난날이 모두 은혜였음을 깨닫는 순간 가슴이 터질 듯했다.

잠시 후 밖으로 나왔다. 수도원 후원에는 마른 잔디밭 사이로 보랏빛 반지꽃이 다보록했다. 어제와는 달리 봄볕이 눈부셨다.

알베르토의 착의식

차가 시내를 벗어나자 안개가 자오록했다. 봄이라 하긴 아직 이른 삼월 초, 차 앞은 물론 찻길 양편이 아무것도 분간할 수 없는 그대로 안개 바다다. 창문을 여니 이른 새벽 산야를 달려온 아침 공기가 청신하다. 심호흡을 하며 올려다본 하늘에선 성체 모양의 하얀 해가 안개 속에서 나왔다 들어갔다 숨바꼭질한다. 아무리 바라보아도 영락없이 미사 때 모시던 그 성체만 같다. 입안에서 사르르 녹아 내 정신 안에 오롯이 살아있는 실체라 할까.

천지간이 온통 하얀 안개 속을 얼마 동안 달리자, 영영 개일 것 같지 않던 안개가 시나브로 스러지고 아침 햇살이 찬연하다. 우리의 삶이 또한 저러할 것이다. 한 계절을 안개 속에 헹구어내면 맑은 모습의 세월과 다시 만나듯 답답하고 암울하던 어려움이 걷히고 나면 차오르는 기쁨과 조우하리니.

전의에 있는 대전가톨릭대학교에 도착하였을 때는 미사 시간까지 여유가 있었다. 깊은 산 속에 숨어 있듯 자리 잡고 있는 신학교가 고즈넉한 분위기로 우리를 맞는다. 이런 곳에서 살고 있는 사람들은 얼마나 좋을까. 이곳에 올 때마다 갖게 되는 상념이다.

신학생들은 사제가 되기 위하여 수련 과정을 거치며 학문을 배우고 익히다가, 4학년이 되면서부터 순서에 따라 4단계 직분을 받게 된다. 학년이 올라갈 때마다 착의식, 독서직, 시종직, 부제품의 단계를 거치게 되는데 오늘은 그 가운데서 착의식, 독서직, 시종직이 있는 날이다. 주교님 집전으로 미사 중에 전례가 진행되므로 신부님과 신학생, 가족 친지들이 많이 참석하였다. 4학년이 된 우리 집 알베르토의 착의식이 있어 나는 남편과 딸아이와 함께 갔다. 본당에서도 여러분들이 함께 해주어서 여간 고맙지 않았다.

2층에서 부르는 신학생들의 입당 성가는 젊은 남성들의 코러스 그대로 은은하면서도 맑아 신선하게 들려온다. 복사단과 사제단들이 입장하고 오늘의 주인공들이 손바닥 길이의 굵은 초에 불을 켜들고 입장하고 있다. 빨간 초에 노란 불꽃은 검정 수단과 어울려 선명하게 빛을 발한다. 질서정연하게 들어와 조용히 정해진 자기 자리로 가서 앉는 젊은이들의 모습이 물 흐르듯 자연스럽다. 물질의 풍요와 이기심으로 하루가 다르게 변화되어 가는 세상에서 자신을 낮추고 인내하며 그리스도의 삶을 살고자 하는 35명의 젊은이들의 마음이 기꺼우면서도 애틋한 마음이 든다.

먼저 주교님께서 금빛 성합과 성작을 수여하는 시종직이 시작된다.

학장 신부님께서 소속 본당과 이름을 부르자 크고 뚜렷하게 대답하며 한 사람씩 앞으로 나아간다. 예수님의 성체와 성혈을 담는 그릇을 다룰 수 있는 직분을 받게 되는 전례가 가슴 두근거리게 한다. 성가가 이어지고 나는 가만 숨을 죽인다. 뒷모습이어서 주인공들의 얼굴을 볼 수 없지만 그리스도의 삶을 따르리라 지향하고, 기도하고, 공부하여 하나의 과정을 통과하는 절차를 밟으며 얼마나 감격스러우랴. 수없이 마음 다지고 번민하며 간구하였을 그동안이 따뜻한 응답으로 되돌아와 이 자리에 서게 되었으니 아니 즐거우랴.

하느님의 말씀을 연구하고 묵상하며 형제들에게 충실히 전해야 된다는 당부와 함께 독서직 수여자들에게 두꺼운 성서를 건네주신다. 돌아 나오는 얼굴이 발그레 상기되어 긴장한 듯 굳은 표정 같다. 오랜 세월 면면히 이어져오는 가톨릭의 정통성과 전례가 자못 경건하여 엄숙하다. 전례 하나하나의 의미를 마음 깊이 심어주기 위하여 이런 형식을 밟아나가는 것이라 여겨진다. 한 인간이 그리스도를 닮은 사제로 완성되기 위해서는 결과만이 목표가 아니라 과정 또한 중요함을, 사제직이 학교 졸업과 동시에 당연히 주어지는 직분이 아니라는 것을 일깨워 주기 위함이라 생각한다.

마지막으로 착의식이 이어진다. 알베르토가 힘차게 대답하고 앞으로 나아간다. 주교님 앞에 무릎을 꿇자 수단 위에 중백의를 입혀주신다. 검정 수단은 세속에서 죽었다는 의미이고 제의 속에 입는 하얀 중백의는 하느님 안에서 다시 태어난다는 의미이다. 아아, 그렇구나. 나는 처음 듣는 말인 듯 가슴이 철렁한다. 요즈음은 화려하고 멋있게 나름대로 개성적인 옷을 얼마든지 연출하여 입을 수 있는 세상이고 알베르토는 하고자 하면 못할 것이 없는 꽃다운 나이 20대 청춘이다. 이 아이는 어려서 새로운 옷을 무척 좋아했다. 옷을 사달라고 조르지는 않았는데 어쩌다 사주는 옷을 그렇게 좋아할 수 없었다. 네 살 때였나 보다. 여동생 돌날이었다. 동생이 입은 색동 치마저고리를 몹시 입고 싶어 했다. 얼굴이 동글동글 귀엽게 생긴 녀석은 그 옷을 입자 꼭 여자아이 같았다. 모르는 사람은 누구도 사내아이로 보지 않았다. 저도 계면쩍은 듯 씽긋 웃으며 찍은 사진이 지금도 우리를 미소 짓게 한다.

어디 옷뿐이랴. 자신의 모든 것을 포기하고 평생 독신으로 살며 순명과 청빈을 서약하고 완전한 봉헌의 삶을 살아야 한다. 알베르토는 하느님을 위하여 모두를 포기하였구나. 고맙고 대견스러워 가슴이 뻐근하게 벅차올랐다. 부족한 아이지만 당신이 쓸모가 있어 부르셨을 거라는 생각에 가만 가슴을 쓸어내린다. 나는 정작 아이를 위해 한 것이 없는데, 늘 바쁘고 고달픈 삶의 자리 불만만 가득하였는데 내 마음 이미 아시고 이런 기쁨의 순간을 마련하셨구나. 하잘 것 없다 여겨졌던 나의 존재가 더욱 격상됨을 느낀다.

아이는 제가 가야 할 길을 분명히 알아서 가고 있는데 혹시라도 마음이 변할까봐 노심초사 마음 졸이던 어미의 미욱함을 용서해주십시오. 내 삶의 짐 너무 무겁다고 아무렇게나 부려놓고 해찰한 죄 잘못했습니다. 당신이 택하신 아이 당신 뜻대로 하시라고 방관하며 기도조차 소홀히 한 죄 고백합니다.

감사와 회한이 뒤범벅되어 마음을 진정하기 쉽지 않았다. 모든 전례와 미사가 끝나고 밖으로 나오니 쏟아지는 햇살이 눈부시다. 축하의 인사를 나누는 사람들의 표정 또한 밝고 활기차다. 오늘의 주인공들이 주교님과 신부님을 모시고 기념사진을 찍는다. 오월의 숲처럼 무성하고 풋풋한 젊은이들이 마냥 고마워 힘찬 박수를 보낸다. 프리지아 꽃다발에 묻힌 알베르토의 얼굴이 그대로 환한 꽃다발이다. "앞으로 잘 살겠습니다" 하는 인사말로 감사의 마음을 전한다. 나는 남편에게 말했다.

"알베르토 아버지 축하해요. 그동안 품었던 원망과 미움, 오늘 이 기쁨으로 모두 상쇄합니다."

빛나는 수고

초판 1쇄 발행 • 2017년 3월 24일

지은이 • 남상숙
펴낸이 • 황규관

펴낸곳 • 도서출판 삶창
출판등록 • 2010년 11월 30일 제2010-000168호
주소 • 04149 서울시 마포구 대흥로 84-6, 302호
전화 • 02-848-3097
팩스 • 02-848-3094
홈페이지 • www.samchang.or.kr

종이 • 대현지류
인쇄제책 • 스크린그래픽